MORPIONS CIRCUS

DU MÊME AUTEUR

Dans la même collection :

Laissez tomber la fille.
Les souris ont la peau tendre.
Mes hommages à la donzelle.
Du plomb dans les tripes.
Des dragées sans baptême.
Des clientes pour la morgue.
Descendez-le à la prochaine.
Passez-moi la Joconde.
Sérénade pour une souris défunte.
Rue des Macchabées.
Bas les pattes.
Deuil express.
J'ai bien l'honneur de vous buter.
C'est mort et ça ne sait pas.
Messieurs les hommes.
Du mouron à se faire.
Le fil à couper le beurre.
Fais gaffe à tes os.
A tue... et à toi.
Ça tourne au vinaigre.
Les doigts dans le nez.
Au suivant de ces messieurs.
Des gueules d'enterrement.
Les anges se font plumer.
La tombola des voyous.
J'ai peur des mouches.
Le secret de Polichinelle.
Du poulet au menu.
Tu vas trinquer, San-Antonio.
En long, en large et en travers.
La vérité en salade.
Prenez-en de la graine.
On t'enverra du monde.
San-Antonio met le paquet.
Entre la vie et la morgue.
Tout le plaisir est pour moi.
Du sirop pour les guêpes.
Du brut pour les brutes.
J'suis comme ça.
San-Antonio renvoie la balle.
Berceuse pour Bérurier.
Ne mangez pas la consigne.
La fin des haricots.
Y a bon, San-Antonio.
De « A » jusqu'à « Z ».
San-Antonio chez les Mac.
Fleur de nave vinaigrette.
Ménage tes méninges.
Le loup habillé en grand-mère.
San-Antonio chez les « gones ».
San-Antonio polka.
En peignant la girafe.
Le coup du père François.
Le gala des emplumés.
Votez Bérurier.
Bérurier au sérail.
La rate au court-bouillon.
Vas-y Béru !
Tango chinetoque.
Salut, mon pope !
Mange et tais-toi.
Faut être logique.
Y a de l'action !
Béru contre San-Antonio.
L'archipel des Malotrus.
Zéro pour la question.
Bravo, docteur Béru.
Viva Bertaga.
Un éléphant, ça trompe.
Faut-il vous l'envelopper ?
En avant la moujik.
Ma langue au Chah.
Ça mange pas de pain.
N'en jetez plus !
Moi, vous me connaissez ?
Emballage cadeau.
Appelez-moi chérie.
T'es beau, tu sais !
Ça ne s'invente pas !
J'ai essayé : on peut !

Un os dans la noce.
Les prédictions de Nostrabérus.
Mets ton doigt où j'ai mon doigt.
Si, signore.
Maman, les petits bateaux.
La vie privée de Walter Klozett.
Dis bonjour à la dame.
Certaines l'aiment chauve.
Concerto pour porte-jarretelles.
Sucette boulevard.
Remets ton slip, gondolier.
Chérie, passe-moi tes microbes !
Une banane dans l'oreille.
Hue, dada !
Vol au-dessus d'un lit de cocu.
Si ma tante en avait.
Fais-moi des choses.
Viens avec ton cierge.
Mon culte sur la commode.
Tire-m'en deux, c'est pour offrir.
A prendre ou à lécher.
Baise-ball à La Baule.
Meurs pas, on a du monde.
Tarte à la crème story.
On liquide et on s'en va.
Champagne pour tout le monde !
Réglez-lui son compte !
La pute enchantée.
Bouge ton pied que je voie la mer.
L'année de la moule.
Du bois dont on fait les pipes.
Va donc m'attendre chez Plumeau.

Hors série :

L'Histoire de France.
Le standinge.
Béru et ces dames.
Les vacances de Bérurier.
Béru-Béru.
La sexualité.
Les Con.
Les mots en épingles de San-Antonio.
Si « Queue-d'âne » m'était conté.
Les confessions de l'Ange noir.
Y a-t-il un Français dans la salle ?
Les clés du pouvoir sont dans la boîte à gants.
Les aventures galantes de Bérurier.

Œuvres complètes :

Vingt et un tomes déjà parus.

SAN-ANTONIO

MORPIONS CIRCUS

ROMAN PATHÉTIQUE

ÉDITIONS FLEUVE NOIR
6, rue Garancière — PARIS VIe

ISBN 2-265-02320-5

A Jean-Pierre WENDLING,
l'un des autres piliers
d'une maison que nous aimons.

San. A.

OH ! QU'IL EST CRÉPU, CE CUL AU CRÉPUSCULE.

Dans son beau training rouge-soviétique, à bande blanche, il courait lourdement et l'on aurait dit un gros bourrin filmé au téléobjectif tant il était pataud et tant il paraissait faire du surplace. Une vapeur blanche, qu'on pressentait malodorante, le nimbait dans la froidure hivernale. Il s'époumonait vaillamment, charriant son gros cul de bureaucrate et toute une tripaille sédentaire happée soudain par cette séance de jogging comme par un shaker. Il courait en rougeoyant de toute sa viande qui donnait à comprendre pourquoi le porc est tout indiqué, lorsqu'on veut expérimenter des thérapeutiques destinées à l'homme. Il était d'un vilain rose, d'un vilain blond, avec des dents pareilles à une palissade déglinguée, des yeux beaux comme des rubis. Il y avait des traces d'albinos chez cet individu et l'on sentait bien, à le voir ainsi patouiller le vide, que cet exercice physique, consécutif à la lubie d'un cardiologue, ne servirait à rien, que le gros mec deviendrait podagre, cardiaque vilainement, avec des chiées d'avaries conséquentes. Et puis bon, c'est ainsi, chacun son lot. Lui, il courait sur son ombre pâle de janvier, courait à perdre : haleine, montre, suspensoir et tout ce que tu voudras sauf sa graisse rançante.

Et tandis qu'il arpentait la campagne gelée dans ce ridicule survêtement de lanceur de poids russe, oui, tandis qu'il, à moins d'un *mile* de là, sa dame glissait sa main tiède dans la braguette d'un aimable garçon et, avec peine, en dégageait un assez beau chibre ma foi, dru et sec sous sa belle corolle, auquel elle s'empressait de faire du bouche-à-bouche, sans nécessité apparente, l'objet se trouvant déjà dans son état le plus favorable. Mais un excès de zèle ne nuit jamais en la matière; les coups les plus fumants ont toujours été tirés par des partenaires possédant le sens de la préparation.

Maintenant, il est temps d'apporter quelques précisions élémentaires au lecteur. L'homme en training rouge s'appelait Adam Delameer, sa femme Sirella et le godelureau si magistralement pipé San-Antonio.

Le gros blond aux dents de vieux requin foulait la localité de Eggs-to-the-Cook, dans le comté de Poultock. Sa dame pratiquait son solo de clarinette à crinière dans leur cottage poétiquement baptisé « I love you ». L'homme en rouge travaillait à Londres pour un bureau d'études où s'étudiaient des tas de trucs très évasifs pour le commun des mortels. Sa dame restait *at home* et, nonobstant des pipes, y faisait également des traductions pour le compte d'un éditeur de romans sentimentaux car elle était parfaitement bilingue (sans compter la sienne propre dont elle usait avec art) et parlait couramment le français, ayant passé une grande partie de sa jeunesse à Paris.

Ainsi pourvu de ces précieux renseignements, le lecteur va pouvoir pénétrer d'un pas dégagé dans cette histoire qui devait faire couler tellement d'encre (mes romans tirent à six cent mille).

Ne me reste plus qu'à lui souhaiter bon voyage et à lui recommander de ne pas prendre froid, car le mois de janvier est dur dans cette région de la côte anglaise. Le Gulf Stream? Tiens, fume!

J'avais rencontré la ravissante Sirella (j'allais omettre de préciser combien elle était belle d'absolument partout, valable sous toutes les perspectives, qu'elles fussent plongeantes ou ascendantes, comestible sous chaque angle — d'ailleurs elle n'en avait pas lerche — avec une peau ambrée consécutive aux polissonneries d'une grand-mère coloniale, et les yeux bleus d'une maman suédoise; ce qui ne les empêchait pas d'être sensuels, chose rarissime pour un regard d'azur). Je l'avais rencontrée au supermarket tout nouveau d'Eggs-to-the-Cook. Mais après les fatigues d'une longue parenthèse, et compte tenu que je m'adresse à des sous-doués, il est mieux que je reprenne ma phrase en y gommant ladite. Donc j'avais rencontré la ravissante Sirella au supermarket du pays, au moment où, d'un geste malencontreux, elle compromettait une pyramide de boîtes de fruits chinois en « promotion vente » ce jour-là. Mon empressement, mon agilité donnant à supposer que je disposais de vingt mains pour conjurer l'avalanche, avaient fortement et favorablement impressionné l'acheteuse. Je n'eus aucune peine à lui faire accepter de prendre une consommation à la cafétéria du lieu, histoire de se remettre de son émotion. Je lui révélai qui j'étais, à savoir un célèbre écrivain français venu dans la localité pour y puiser de la documentation sur Ted Cut, le fameux bourreau du XVIIIe siècle, lequel, je te l'apprends dans la foulée, était originaire d'Eggs-to-the-Cook (1).

Ma jolie secourue connaissait une partie de mon œuvre considérable, puisqu'elle s'intéressait à la littérature française. Elle m'avoua sécher sur certains

(1) Pour rafraîchir la miséreuse mémoire de mon lecteur, je tiens à préciser ici que cet exécuteur des hautes œuvres est l'inventeur d'un nœud coulant fameux, connu en Angleterre sous l'appellation de « Nœud de Ted »; qui, une fois franchi le Channel et subi l'inversion d'usage, devait donner chez nous ce fameux « tête de nœud » couramment employé par les chauffeurs de taxi.

S.-A.

termes et désapprouver moult grossièretés dont l'intervention ne lui paraissait pas évidente dans des ouvrages qui se suffisaient à eux-mêmes ; de même (pourquoi « de même » ? quelle sotte expression !) elle comprenait mal que j'invective mon lecteur et trouvait cette permanente agression suicidaire, car enfin je houspillais quelqu'un dont la fidélité assurait ma matérielle. J'eus beau lui expliquer que pour moi, engueuler qui me lit est le comble de l'affection, une façon violente et jubilante d'être tendre, ses origines britanniques regimbaient devant le procédé et je craignis un instant que le mépris qu'il lui inspirait compromette nos relations débutantes.

Dieu *thank you,* il n'en fut rien. La femme, qu'elle soit terrienne, anglaise ou martienne, n'est intéressée que par les hommes de caractère, même et surtout s'ils la choquent. Elle hait l'eau tiède, le quotidien, les époux qui ne parlent que de leurs occupations. Je lui fis donc valoir que motiver son indignation constituait une espèce de victoire et qu'il est préférable de provoquer un sursaut que de faire gentiment bâiller. Elle finit par rire, sans toutefois abdiquer. M'apprit qu'elle traduisait des œuvres délicates, aux titres enchanteurs : *Château d'amour, Une fée viendra ce soir, A cœur éperdu,* prose destinée à faire rêver les vieillardes, mouiller les dames mûres et se masturber les jouvencelles. Une consœur, ou presque, somme toute ! On devait se revoir. On se revit.

Du fait que j'habitais un *bed and breakfast* tenu par une éminente joueuse d'harmonium du pays, il m'était impossible de la recevoir dans ma piaule. Par contre, en prenant certaines précautions élémentaires, j'avais tout loisir de me rendre chez elle en l'absence de son époux. Les maris ne s'imaginent pas combien leurs femmes accueillent volontiers des messieurs pendant qu'ils conquièrent le pain du ménage. Alors que la réciproque est impossible. Cela tient à ce que l'homme clandestin ne laisse pas de trace, tandis que la femme clandestine estampille tout par sa seule présence : traces de fards, cheveux, menus objets. Le mec, lui, est entier. Ce qu'il abandonne sur place est immédiatement assumé par mes éminents camarades Jacob et Delafond dont on ne soulignera jamais assez le rôle qu'ils jouent dans la paix des foyers. De plus, l'homme a à cœur de ne pas être une source d'incidents alors que la femme sème des indices à plaisir, contente de foutre la merde avant son départ.

Or donc, Sirella m'accueillait dans son cottage anglais, propre et douillet, plein de coussins attendrissants, de fleurs en pots, et de housses capitonnées pour couvrir les théières et les œufs à la coque. Elle aimait l'amour de A jusqu'à Zob, le pratiquait passionnément, comme il doit l'être quand on se mêle d'adultère, sinon ça sert à quoi d'encorner son vieux, tu peux me dire ? J'en vois qui baisouillent de droite et gauche, comme des connes, sans seulement y prendre plaisir, et je trouve dès lors leur comportement indignant. Tromper pour le plaisir du plaisir, oui, banco, mais tromper pour le plaisir de tromper est une démarche honteuse que tu me permettras de réprouver à couilles rabattues.

Mais trêve.

Et je t'en reviens au commencement de ce drame impec, c'est-à-dire à ce matin de janvier, sec et clair, qui se trouve être un samedi. Adam Delameer, le cocu blond rosâtre, secoue sa graisse par les chemins gelés, poussant devant soi un panache de buée blanche. Il en a pour deux bonnes plombes à cavaler de la sorte entre les haies basses qui s'abaissent de plus en plus à l'approche de la falaise. Deux belles heures d'amour avec Sirella. L'aubaine ! L'aubade du grand paf languissant ! Une pendule britiche, héritée depuis cent ans et mèche égrène un second siècle au salon. Je suis étendu sur le vaste canapé un peu avachi, mais c'est très agréable, les bras écartés, la tête renversée, une jambe de-ci, une autre de-là, tandis que la frémissante Sirella me déguste comme un Château d'Yquem 1967.

L'existence est complaisante parfois et le bonheur, étant affaire d'instants brefs, la parsème d'heureuses surprises. La perspective de ce gros mari trottinant comme un cheval de mine remonté du puits tandis que son épouse s'active sur mon impétuosité, me comble de je ne sais quelle félicité. Malsaine, objecteras-tu ? Que non point. Je préfère « gaillarde ». Il y a de la gaillardise à cocufier qui le mérite, et le mérite tout individu qui dédaigne sa moitié pour l'autre, c'est-à-dire la sienne.

Le cottage sent à la fois l'ancien et le propre, à cause des vieilles choses accumulées et de la manière dont elles sont fourbies. Dieu qu'il fait bon baiser chez des gens de goût !

Sirella qui a contracté, lors de son adolescence parisienne, des habitudes amoureuses raffinées, me prodigue un plaisir sans mélange (d'ailleurs je ne vois pas avec quoi on pourrait le mélanger). Elle me pousse dans mes derniers retranchements, ou que je crois tels, puis ralentit, se ravise, me laisse au bord du gouffre somptueux des béatitudes, étourdi de déception physique pour, dès que je me suis récupéré, m'aussitôt réentreprendre. Femme experte, savante en amour. Belle occase, et c'est un zig qui les accumule qui te l'affirme. Comme j'ai eu raison de voler au secours de ces boîtes de fruits chinois dont elle compromettait l'équilibre ! Il faut dire que, depuis deux jours, je guignais une occasion favorable de lui entrer en contact. Chère femme. J'aime qu'elle eût un ancêtre noir et un autre hyper-blond. Quel superbe aboutissement ! Il est des rencontres aussi déterminantes que des hasards. Ah ! le bel alliage !

« Eh bien, mon vieux Tonio, ne m'envoie-je pas dire, eh bien, il serait temps que tu cesses de jouer les pachas au harem et que tu fasses un geste. Le moment est venu de fournir une prestation active. L'égoïsme masculin, tant déploré, commence par un excès de passivité. D'elle découlent vite l'indolence, puis la négligence. Paie de ta personne, Antonio de tes deux ! N'oublie jamais que lorsqu'un amant n'est plus à louer, c'est sa partenaire qui le devient. On ne conserve que par la conquête permanente. »

Et, poum ! à table, mon Sana !

Avec Sirella, faut pas craindre. Si elle est scandinave par les yeux, elle est particulièrement d'hérédité jamaïquaine par sa face sud ! Ninette, espère, c'est pas la toison d'or ! T'as l'impression qu'elle s'est fait un slip dans son vieux manteau d'astrakan. Lui faire minette, c'est bouffer un pull en mohair ; je donne ces précisions pour la dame de l'autre jour qui m'a déclaré que j'étais un auteur malfamé ; bien lui faire comprendre où est son intérêt.

Nous voici donc sous le signe des gémeaux stylisé. Le cercle magique. Formant couvercle, elle m'étouffe. Faut que je me ménage une manche à air. L'ingéniosité si tu t'en départs un seul instant, t'es floué. Je m'en sors en lui ménageant un guiliguilou sous-jacent. La manche à air souhaitée, c'est la mienne, tu piges ? Attendez, madame la vertueuse de l'autre jour, ne partez pas, vous le regretteriez. Ça va devenir bien.

On se lance dans cette combinaison pour sybarite (sybarite m'était conté) et on s'applique à en retirer un max d'efficacité. C'est bien parti. L'ardeur est au rendez-vous ; c'est encore plus bath que la fête de l'Huma, sauf qu'en guise de discours y a que des tyroliennes amorties.

Nous perdrhaleinons merveilleusement. Bref, on fait avec. Et je me survolte en imaginant le blondasse dans son training à la noix butant sur des cailloux soudés au chemin par le gel. Tu crois qu'il a déjà gloupé sa rombière, ce con ? Penses-tu, il préfère un hot dog ! Y avait donc aucune raison pour que la jolie médème passe à côté de la gagne sous prétesque qu'elle a marié un goret, si ?

Notre première phase dure ce qu'elle doit durer. Et alors, bon, je me rappelle plus lequel de nous deux décide qu'on pourrait passer à la figure *number two*, celle dite du « Cosaque furieux ». Pour ce faire, nous nous désunissons provisoirement afin de rajuster nos postures. Et dans ce mouvement, j'avise une masse rouge à pas trois mètres. Pile, je réalise : le mari ! Non, t'avoueras, ce mec n'est pas sortable ! Qu'est-ce qui lui permet, à ce lard, de rentrer chez lui inopinément ? Sont-ce des choses à faire ? Si on se met à jouer le vaudeville en plein comté de Poultock, merci bien, moi je retourne chez ma mère !

Mr. Adam Delameer est tout ensueuré, kif un gros cierge de procession. Il respire large. Ça dilate son survêtement. On peut penser que ses lotos vont lui dégouliner des orbites, tellement au point qu'il exorbite, le pauvret. L'air incrédule et teigneux avec ça !

— Sirella, murmure-t-il, vous n'êtes donc qu'une truie !

— Si elle l'était, je lui rétroque, vous formeriez un couple bien assorti, mais ça n'est pas le cas, mister Delameer.

Qu'est-ce que tu dis ? Que je ne suis pas charitable ? C'est vrai, je suis là, je fais reluire sa dame et encore je l'insulte parce qu'il nous surprend en flagrant du canapé.

Marrant, mais c'est ce second outrage, pourtant plus véniel me semble-t-il que le précédent, qui fait déborder le vase de son sang-froid.

Le gros rosâtre se précipite à la cheminée pour y chercher du contondant. Il en trouve à profusion. Dans les books moins fignolés que les miens, en pareil cas le cocu s'emparerait d'un tisonnier. Mais lui, il est costaud. C'est carrément un chenet qu'il biche. En cuivre, période victorienne. Il s'en torche que l'objet soit en forme d'équerre; l'homicide ne s'attarde pas à ces billevesées quand il est sur orbite.

Mugissant, il se rue sur moi, pauvre amant transi en faible débandade. J'esquive, mais un bonheur-du-jour (duquel, ça j'aimerais le savoir, en tout cas pas d'aujourd'hui) brime ma parade. Je déguste le chenet sur l'épaule droite. Salaud! Ma clavicule! Des ondes douloureuses me parcourent dans le sens des aiguilles d'une montre. Je suis paralysé. L'homme en sauvagerie relève sa masse. Il est terrible dans sa tenue écarlate, avec sa sueur, sa peau de goret et son regard fou qui lui gicle de la tête. J'étends le bras gauche pour tenter de freiner le nouveau coup. Je vois ma dernière heure survenir à grandes enjambées, sa faux à l'épaule. Se peut-ce, un superman comme moi, rescapé de tant et tant de mauvaises échauffourées, de tant et tant de guet-apens sournois, de drames épiques, de vilains méchants autrement armés et sanguinaires.

O sombre infortune! Le héros pour bandes dessinées, dont les exploits relèguent ceux de Roland, Bayard, Duguesclin et autres Lemmy Caution sur le rayon de farces et attrapes, périssant de la rogne d'un cocu! Grande heure et des cadences! Pourquoi ne pas finir sous les roues d'un ultime tramway de préfecture, d'une tuile mal toitée, d'un champignon suspect ou d'une piqûre de guêpe, du temps que j'y suis et que tu y es? Mais notre dernière heure appartient au destin. Lui seul la décide et stoppe le sablier de notre vie, comme le disait si justement la Grande Ourse à sa réception à l'Académie franco-belge. Seulement, n'oublie pas que je suis borduré, mon enfant. Pile que le cornard va me déguiser en flaque, sa Ninette qui s'était éclipsée se pointe, nantie d'une forte pétoire.

— Adam! crie-t-elle, arrête sinon je tire!

Le gros veau n'a cure. Entend-il seulement? Son

geste irrémédiable, déjà armé, va s'achever, au grand dam de mon visage avenant.

Alors deux coups de feu claquent. Je ne te les écris pas ici, ma machine ne comportant pas le signe de résonance. Toujours utile (ou est-il) que mon tagoniste sursaute. Le chenet lui choit de la pogne avec un gros bruit. Son visage devient plus grotesque encore sous l'effet de la stupeur. Puis on a l'impression qu'il se replie sur lui-même, se ratatine comme un masque de caoutchouc qu'on vient d'arracher. Et l'homme s'écroule enfin, brisant une table basse d'acajou, sur tréteaux. Il a quelques ruades, ouvre grand la bouche... Ses yeux se révulsent. Tu sais ? Comme ça. Rien que du blanc ! Il est étalé sur le dos, plus gros mort que vivant, contrairement à Guise qui, lui, était plus grand, mais c'était un noble et tu ne vas pas me comparer la mort d'un duc avec celle d'un porc, s'il te plaît ! Je t'en prille, un peu de détenu, comme disait un directeur de prison.

Une tache pourpre s'étale sous le rouge du traininge.

Moi, je suis là, le bras fané, la bite sortie, l'air plus glandu que le type qui s'est torché par inadvertance avec son billet gagnant de la Loterie. Ah ! pas fiérot le moindre, espère ! Me dis que si je ne suis pas embastillé par les Rosbifs pour complicité de meurtre, je n'aurai plus que la ressource d'entrer dans les ordres, après un tel désordre. Reusement que la peine de mort a été abolie en Anglaiserie. Merde ! Haut et court, l'Antonio ! Tu juges ?

Je me tourne vers Sirella.

Cette personne est d'un calme effrayant. Le veuvage n'apaise pas la haine conjugale d'une femme. L'homme, bon, dès la première pelletée de terre, il se tourne vers l'avenir ; la gonzesse, comptes-y, julot ! Elle n'en finit pas d'écumer le bouillon de ses rancœurs. Jamais un linceul n'a enveloppé le passé pour une épouse vindicative. Et à la façon dont elle considère l'agonisant, je constate une montagne de haine dans ses grands yeux de limpide-lazuli.

— Votre intervention a été opportune pour ma santé, mais elle risque d'être néfaste pour la vôtre, ne puis-je me retenir.

La petite louve sombre, au regard de ciel, comme l'écrirait probablement M. Maurice Schumann dans son deuxième livre en préparation, daigne me défrimer. Son expression est dépourvue de gentillesse, et a fortiori de tendresse.

— Fichez le camp ! me dit-elle.

— Voyons, Sirella, je ne peux vous abandonner dans une telle situation !

— Ne compliquez pas les choses et partez !

— Mais comprenez que je suis votre unique témoin à décharge, si j'ose dire. Les faits réels plaident en votre faveur : légitime défense. Ma clavicule brisée, la posture du corps, le chenet, tout est éloquent.

— Je n'ai pas la moindre envie d'être traînée devant des juges.

— Mais c'est inévitable ! Vous ne pourrez prétendre que cet intempestif est mort de la fièvre typhoïde !

Elle s'emporte tellement que je me demande si elle ne va pas me plomber à mon tour.

— Oh ! grand Dieu, vous ne comprenez donc pas ? Je vous demande de disparaître. Et tâchez de ne pas vous faire repérer !

— Je n'ai pas l'habitude d'abandonner lâchement une femme qui vient de commettre une folie pour moi, Sirella !

Elle tape du pied.

— Ce qu'il est con, ce type ! s'écrie-t-elle en bon français (j'ai relevé la même phrase dans Molière, dans Bossuet et dans « Pauvre Blaise » de Pascal Ségur, et même Roger Peyrefitte assure qu'on peut y employer quand c'est pris au figuré subjonctifiable).

Du canon de son arme, elle m'intime de foutre mon cher camp.

J'obéis.

Car retiens bien une chose, gamin : c'est qu'il ne faut jamais se montrer plus loyaliste que M. Loyal.

TU N'AS PAS NIQUÉ PARCE QUE TU AS PANIQUÉ.

La maison de Mrs. Mahouss, mon hôtesse, s'élève à l'entrée de la localité. Tu vois la boucherie Bidoch ? Eh bien, en face.

Il s'agit d'une construction déjà ancienne, à laquelle une succession de propriétaires ont apporté leurs propres initiatives, ce qui donne une demeure tarabiscotée, avec des colombages, des terrasses inattendues, des haies que l'architecte initial n'avait pas prévues, et même un bout de tour octogonale résultant de la prétention du grand-père de Mrs. Mahouss, lequel fut colonel dans l'armée des Indes.

Mrs. Mahouss mériterait le qualificatif de « géante » si elle n'était pas si grande, mais dans son état elle échappe au vocabulaire. Lecteur au rabais (je t'appelle ainsi compte tenu de la modicité flagrante du prix de mes zœuvres, mais je te conserve en grande estime dans l'armoire de mon amitié), laisse-moi te dépeindre un bon morceau de Mrs. Mahouss, cela en vaut la peine. Imagine... Quoi, au fait ? Disons un tas, une masse, un agglomérat de chair dans lequel se définissent plus ou moins distinctement quatre membres et un tronc. Les membres paraissent atrophiés, le tronc, au contraire, surdéveloppé ; tronc de baobab aux branchages indécis. La tête est plutôt petite, comparée à son piédestal. Mrs. Mahouss n'aurait pas grand effort à fournir pour ressembler à quelque monstre antédiluvien sorti inopinément d'une caverne des monts Grampians où il aurait affronté quelques-uns des millénaires les plus sots de l'Histoire universelle.

Elle est si énorme, si formidable, si importante qu'elle a dû faire élargir chez elle les cadres des portes, ce qui fausse toute perspective honnête et contribue au baroque de sa crèche. Comparé à elle, je me sens de la race des avortons. Ce diplodocus femelle parle d'une petite voix feutrée qui fait peur, suintant de cet immense corps. On a la pénible sensation que ces chuchotis précèdent un formidable cri capable de faire craquer les tympans les plus éprouvés, tels ceux des manipulateurs de marteaux-piqueurs, des secrétaires de commissaires-priseurs, des imprimeurs de journaux, des habitués de boîtes de nuit, et de l'ingénieur du son enregistrant la plainte désespérée du Mammouth enfonceur de prix.

C'est donc en cet antre d'animal préhistorique que j'ai trouvé refuge. Là que je cours me terrer en sortant de chez Sirella.

J'use le temps à écrire une longue lettre de tendresse à ma Félicie, à relire les *Mémoires de Casanova,* et à bouffer des mets insipides à l'auberge du pays qui s'intitule « On est mieux ici qu'en face » (l'en-face étant la maison qu'habita Ted Cut, le célèbre bourreau).

Jusqu'à l'heure du dîner, mon environnement reste quiet. Mais pendant que je suis à table, une effervescence s'opère. Ça se met à parler bas, des messieurs étrangers viennent s'alimenter, leur entrée fait cesser les conversations. Ils sont bientôt suivis de journalistes buveurs de scotch, dont les appareils photographiques s'entassent sur les tables.

Un qui se fait tout minard dans son coin, c'est ton pote Sana, mon chéri. Je me crois fourvoyé dans un polar de mamie Gaga Christie. La vieille Angleterre où un meurtre a été commis. Ne manque que Hercule Poirot-Delpech pour fignoler le tableautin. J'essaie de tendre l'oreille, mais au pays de la discrétion, il est malaisé de capter les conversations. Pourtant, au moment où la serveuse rouquine à pois orangés m'apporte une tranche de cake (cake tu racontes ?) dont les raisins secs sont restés plus secs que des crottes de chèvre, je risque un geste circulaire et murmure négligemment :

— On dirait que quelque chose ne va pas, par ici, Mary ?

Elle prend une mine circonstancielle de lieu pour me confier :

— Pour sûr, Sir ; il y a eu un meurtre dans le pays.

J'adopte la mine incrédule seyant à ce genre de révélation.

— Un meurtre ?

— On a tué Mr. Adam Delameer, après avoir ligoté sa femme et l'avoir enfermée dans la cave. La pauvre est tellement secouée qu'on a dû la conduire à l'hôpital.

J'enregiste bon train la version officielle des faits. On dirait que ma petite friponne assassine ne s'est pas trop mal débrouillée.

— On a appris quelque chose à propos de l'assassin ?

— Ils étaient deux, du genre basané, si vous voyez ce que je veux dire ? On pense qu'il s'agirait d'une action terroriste. Il y a quelques années, Mr. Delameer travaillait au Moyen-Orient, si vous voyez ce que je veux dire ? Il aurait pris là-bas des responsabilités que des gens ne lui ont pas pardonnées, si vous voyez ce que je veux dire ?

Manière d'apaiser Mary, je l'assure que « je vois parfaitement ce qu'elle veut dire » et donc, subséquemment, ce qu'elle ne dit pas. Lui réclame un café et entreprends de rêvasser, ce pour quoi j'ai des aptitudes qui remontent à ma puberté.

« Bien joué, la mère ! » applaudis-je *in petto.* Elle a drôlement pris la situasse en main, ma Merveilleuse. Dis donc, y a pas que l'amour qu'elle sache faire ; rayon arnaque, c'est tout le grand art. Pour abuser des mecs du Yard, faut des dons et savoir s'en servir. Buter son vieux et arranger ensuite une mise en scène capable d'abuser la poultaille, voilà qui n'est pas donné à toutes les jeunes veuves. Mais cette aimable construction ne risque-t-elle pas de s'écrouler ? Pour ma part, je me sens un brin voyant dans ce patelin, malgré ma discrétion foncière. Tout nouveau venu, quand il est étranger de surcroît, mobilise l'attention d'un village. Il y a une huitaine de jours que je suis ici, ce qui plaide en ma faveur. Un « terroriste » trucide-t-il quelqu'un après s'être montré à toute une population attentive ?

Je fais le point. Quand je rendais visite à ma jolie conquête, j'usais d'une astuce imparable : j'allais me promener dans les ruines du château médiéval surplombant la localité. Un bois de peaufiniers m'offrait un asile touffu jusqu'au mur à demi écroulé bordant la demeure de Delameer. J'entrais dans leur jardin où une roseraie, orgueil de feu Adam, continuait de me dissimuler aux regards éventuels. Ensuite je traversais de part en part un appentis pour m'engouffrer dans la cuisine où m'attendait la gente médème. Pour repartir, j'empruntais le même chemin, si bien que jamais on ne m'aperçut chez mes hôtes d'une heure. Il se produisit bien une visite, au cours de l'une des miennes, celle d'une vieille sorcière quêtant pour une œuvre qu'elle prétendait charitable. Sirella eut le temps de se coiffer d'un turban et d'attraper un balai, donnant ainsi à croire qu'elle fourbissait son plancher au lieu de ma chère bibite.

Non, décidément, si ma gentille décapsuleuse de

braguette a suffisamment de nerfs pour se cramponner à sa version, tout doit bien se passer.

Et tout se passe au mieux, en effet.

Un garagiste de la région prétend avoir abreuvé en essence la voiture de deux... vous voyez ce que Mary veut dire ? nantis de « réellement sales gueules », selon le bonhomme.

Bref, trois jours plus tard, les obsèques d'Adam Delameer ont lieu. Je les observe à distance. La « veuvette » toujours traumatisée n'y participe pas. Par contre, tout le village s'est cru obligé de suivre le malheureux Adam jusqu'à sa dernière demeure comme on dit puis chez nous. Le deuil est conduit par un oncle cacochyme, ancien militaire, sa démarche en témoigne, flanqué d'un cousin et d'une cousine, croit-on, venus du pays de Galles. Les vivants accordent toujours davantage d'émotion aux gens ayant péri de mort violente, comme si le défunt se trouvait grevé d'une double injustice : être mort, et l'être devenu contre nature.

Grises funérailles, en vérité, ce qui est pire que noires. Silence recueilli. Cheminement hébété d'otages marchant au sacrifice. Le prêtre chante faux (chanter en anglais, déjà, c'est prendre des risques) ; le corbillard automobile crache une fumée huileuse car il bouffe de l'huile ; pour couronner le tout, le froid sec des derniers jours a fait place à une brumasse cotonneuse que des mouettes effarées touillassent de leurs ailes de lamellibranchophages. Si vraiment, ô mon joyeux lecteur, tu ignores ce qu'est la mélancolie, viens jeter un œil à l'enterrement de Mr. Adam Delameer, et la notion t'en viendra comme des boutons sur la queue après avoir consommé dans le quartier de la Goutte-d'Or.

Après la cérémonie, les deux auberges d'Eggs-to-the-Cook sont bondées, kif chez nous autres, en

France, où il fait si bon boire à la santé éternelle des disparus avant que de disparaître soi-même.

Je regagne ma carrée, l'oreille basse; malcontent d'avoir vécu cela, me disant, dans les méandres de ma conscience que, sans mon séjour dans ce pays, Delameer serait toujours vivant. Sans doute Sirella s'envoyait-elle en l'air à l'occasion, mais je fus l'occasion intempestive, l'occasion de trop, l'occasion qui ne devait pas se produire. Et ce gros porc en training rouge continuerait d'arpenter la lande si je n'étais venu confier mon pénis à la gourmandise de son épouse. Certes, je l'ai fait en service commandé ; ce qui constitue mon unique défense, mais a-t-on le droit de se plier à des services engendreurs de mort ?

Tu vois, lecteur très cher, à la fidélité combien émouvante, tu vois que ton San-Antonio longe les rives fangeuses de la neurasthénie, en ce pays qui semble l'avoir en charge, comme son British Museum a en charge le sombre butin de ses armées en jupettes et casques de liège. La tristesse est britannique, comme le whisky qui la noie, comme le ketchup recouvrant pompeusement sa cuisine pour cautériser l'insipide au feu du piment. Et je viens de la contracter. Me sens seul, seul, infiniment, sur fond d'enterrement, sur fond d'ouate sale. Les mouettes glapissent des présages. Je perçois, en prêtant mieux l'oreille, la rumeur continue de la mer du Nord, ce qui n'arrange rien.

Mon marasme est tel que je sollicite de Mrs. Mahouss la permission de téléphoner en France en P.C.V., car elle ne tolérerait pas que je contracte une communication autrement, de peur d'y laisser des plumes. Et encore exige-t-elle de formuler personnellement la demande.

Je lui bonnis le numéro de Félicie. Et tu parles que m'man est partante pour « accepter » cet appel. On papote un instant : sa santé, l'école de Toinet, la nouvelle opération de Mme Pinaud (sa vésicule, toujours, qui débloque), le voisin venu demander la permission de refaire sa cabane à outils contre le mur qui nous est mitoyen... Je lui explique que je me languis dans le *fog* britannouille ; et puis je lui demande de tuber à Bérurier pour lui dire de m'appeler d'urgence au numéro de Mrs. Mahouss. Et bon, ça va mieux d'avoir entendu la voix de ma vieille. Un petit badigeonnage de cerveau. Ça se met à sentir la lavande dans mon âme cacateuse. Je pense à notre voisin, le père Pillet. Tous les trois quatre ans, il la refait, sa cabane à outils, en y ajoutant chaque fois une chambre de plus, sans jamais solliciter de permis de construire. Simplement, notre autorisation à nous lui suffit. Il est pas fier ! La cabane à outils initiale est devenue presque plus vaste que son pavillon de meulière. Il loue les chambres à des bonniches portugaises et ça sent la morue frite, pleins tubes, certains soirs, quand ces demoiselles donnent une réception mondaine. La plus âgée de ses pensionnaires, il l'a épousée en secondes noces, papa Pillet, pour la grande fureur de ses chiares à lui qu'admettent pas les mésalliances. Mais ils sont établis et vivent leur vie, Pillet entend vivre la sienne. Il se dit qu'un jour, pour les niquer, il filera un môme à la grosse Anna-Maria, du temps qu'elle est toujours productive. Lui, il aime le Portugal, Pillet, seulement comme il déteste les voyages, il préfère que le Portugal vienne à lui ; c'est son droit. La langue le charme. Parfois, quand on discute devant nos crèches, au hasard d'une rencontre, et que des jactances partent de « la cabane à outils », il me dit, requérant mon attention d'un index de mélomane :

« — Beau langage, non ? Même quand ces demoiselles s'engueulent, on dirait qu'elles chantent. »

Un jour, je lui ai répondu que je préférais l'italien ; il est resté un mois sans me saluer...

Bon, de la vie paisible, de la vie archiquotidienne, il

en est de partout, n'importe l'hémisphère, les latitudes. C'est de la mousse, le quotidien. Ça forme des grandes plaques moelleuses. Si, par hargne gratuite tu te mets à les arracher, tu découvres la hideur du néant, plus quelques vilains cloportes surgis de nulle part et qui y retournent.

Maintenant, t'attends des explicances concernant ma présence à Eggs-to-the-Cook. Mais ça ne presse pas. La rate au court-bouillon, merci bien ! Toujours se décarcasser l'oigne pour raconter ceci, expliquer cela, te mastiquer l'action, fignoler les personnages, bien que tu puisses suivre, ça finit par me les rompre un tant soit peu. On est des purs galériens, nous autres de la romancerie. A dévotion. S.V.P., le syndicat d'initiative... Et quand on en prend trop, d'initiatives, voilà que ça se met à rouscailler dans les chaumières, comme quoi on outrepasse, on décrédible.

Alors mollo, tu m'entends, fiston ? Chaque rose en son champ, comme disait M. François Mitterrand à l'époque où il présidait la République. Tout viendra à poing pour qui saura t'attendre. Tu l'auras ton carnet d'entretien. Mes books, tu le sais bien qu'ils sont « vidange-graissage » garantis, avec resserrement des culbuteurs et du jeu de Paume toutes les cinquante pages.

Je m'ennuie comme la dernière pomme du compotier. Une bonne tringlée me calmerait la tubulure, mais fourrer qui ? Pas la mère Mahouss, elle n'est point accouplable cette masse-dame. Je pense avec nostalgie à la jolie Sirella qui a flingué son vieux pour mes beaux yeux chatoyants. J'ai la clavicule nasebroque. A propos, je t'avais dit que c'était la droite, tu veuilles bien rectifier, please : c'est la gauche ; j'ai trop besoin de mon bras droit pour m'en priver d'un mot écrit à la galopette. Donc, je souffre de l'épaule gauche, du bras gauche et de tout ce que tu voudras encore de gauche. N'empêche que si je tenais la veuve Delameer, j'oublierais ma douleur pour l'étreindre comme qui-peu-embrasse.

La pendule du salon me râpe la patience.

Que fiche ? Attendre de nouvelles directives, d'en haut ? Je souris en songeant que, désormais, « en haut » c'est Bérurier. Si par malchance, négligence ou impossibilité majeure tu n'as pas lu mon précédent chef-d'œuvre modestement titulé *Va donc m'attendre chez Plumeau,* ouvrage qui a été couronné par l'Académie San-Antonio à l'unanimité du jury, si donc tu as passé à côté de cet événement littéraire, tu ignores encore, à l'heure où je mets au four ce soufflé de conneries, la nouvelle la plus fracassante de cette entre-deux-guerres : Bérurier a été promu directeur des services de police, à la suite d'un canular de Marie-Marie, sa nièce inspirée, qui l'inscrivit aussi clandestinement qu'opportunément au parti socialiste.

Le fait, en tout cas, est indéniable, brutal, effarant mais véridique : on a viré le Vieux, notre bel Achille super-mondain, pour fourrer dans son fauteuil ce gros lard mal embouché, qui meurtrit la langue, pète des alexandrins vigoureux comme du Corneille, ne se lave pas davantage le visible que le caché, bâfre, baise et boit (ce qu'on appelle à la Grande Taule les trois « B » du Grand B), malmène qui lui résiste, pleure aux *Deux Orphelines,* respecte autant un menu de restaurant que les *Evangiles* (mais pas plus), se vante d'être cornard, encorne à tout va, sème à tout ventre et qui, une fois nu, ressemble à un poste à essence (colonne de benzine pour la version suisse romande) tant son pénis est conséquent. Ce gueulard, ce cogneur, ce soiffard (ne les a-t-on pas surnommés, Berthe, Alfred et lui : « Les Trois éméchés » ?) est donc devenu, par le jeu des mutations et transmutations, mon patron. J'attends des ordres à présent de ce goret à qui j'en ai tant donnés ! Retour de manivelle ! Ainsi est la vie : audacieuse et surprenante.

Il a quelque peu changé, l'Obèse, à mon endroit. Depuis son entrée (des gladiateurs) en fonction, il se croit obligé de me vouvoyer. L'autorité désempare celui qui ne la porte pas en soi naturellement, de même que la fortune met en porte à faux l'homme qui n'a pas une mentalité de seigneur.

Mrs. Mahouss obstrue le formidable encadrement de la porte.

— Une tasse de thé vous ferait-elle plaisir, mister Antonio ?

Elle m'a eu déjà une fois, avec son eau chaude et ses biscuits rances, la mère ; elle peut se les filer dans la culotte. Je décline poliment, alléguant que la Faculté m'interdit formellement les excitants.

Navrée, elle se retire, comme l'océan lorsque sonne l'heure de la marée basse. Quand elle quitte une pièce, il se met à y faire plus clair, dirait-on.

Et c'est le moment où un coup de sonnette retentit en coulisse. Mrs. Mahouss va délourder. Très peu après, sa masse informe revient me pomper la lumière.

— Quelqu'un pour vous, mister Antonio, m'annonce l'himalayeuse.

Elle débouche l'horizon, et alors ma vue se brouille comme les œufs aux truffes de chez Lasserre. Qui vois-je ici surgir ?

Non, mon petit bonhomme, pas la couine, non plus que son prince des daims bourre, pas davantage que lady d'ail ou son grand glandu qui a l'air tellement spirituel quand il dort ou joue au polo (mais c'est rien, faut le voir baiser !).

Tu sais qui vient ce soir, dans ce *bed and breakfast* de la mère Tate-z'y ?

Quelqu'un que je te causais y pas deux minutes, mon pote : Achille ! Parfaitement, mon ex-dirluche, disparu au faîte de sa carrière pour abandonner son noble fauteuil au derrière mal torché de Béru.

Le Vieux ! *The Old !* Le Tondu ! Dont nous ignorions ce qu'il était advenu depuis sa purge.

Il est là, impec, dans un complet bleu, pull de cachemire ; un Berburry sur le bras, une casquette irlandaise à la main. Grave, comme toujours, le regard limpide comme du Pernod blanc avant la souillure de l'eau.

Je me lève d'un élan de médium houspillé par la voix de Jehanne d'Arc.

— Seigneur ! fais-je.

— Ah ! il me reconnaît, hargnit le déplumé intégral.

Et il s'avance. Je me jette à sa rencontre comme un parachutiste se jette à la rencontre des deux mille mètres de vide placés sous ses pataugas. Son attitude réfrène mes ardeurs.

— Salut ! me fait l'arrivant en me présentant sa main à baiser.

Mrs. Mahouss, impressionnée par la classe du personnage, le défait de son imper et de sa gapette avant de nous laisser.

Je propose un fauteuil à Achille. Il en choisit un autre, près de la fenêtre, s'y dépose aristocratiquement, le fessier aérien, les cannes Louis quinze, ses bras modelant les accoudoirs. Et de le retrouver, tel qu'en lui-même, si farouchement identique à ce qu'il fut toujours, l'émotion hydrate ma prunelle. Achille s'en aperçoit, un éclair de contentement humanise ses yeux translucides (toujours lucides, rarement en transe).

— Racontez ! supplié-je, racontez-moi vite, patron !

Il murmure avec délectation :

— Patron...

Le répète à ton désabusé. Puis, de sa voix unie, avec quelques gouttes de citron tout de même :

— Le « patron » vient d'achever sa traversée du

désert, mon cher ami. Elle aura duré six semaines ; je m'en souviendrai.

— Dois-je comprendre que vous avez réintégré votre poste, monsieur le directeur ?

Il hausse un bout d'épaule.

— Mieux que cela. Vous n'avez pas lu les journaux ?

— La presse française n'arrive pas jusqu'à ce bled, boss.

Achille rit soudainement, comme quand on tente de faire peur à un enfant.

— Je suis sous-secrétaire d'Etat, mon ami.

Son « ami » a un grand élan charmé :

— Formidable !

— Mais j'ai dû mettre le paquet.

— Bravo : il était bien ficelé !

Le Vieux jubile.

— Vous savez comme je m'attendais au coup de balai, consécutivement au changement de régime ? J'essayais de me faire petit, de jouer les « yes-men », d'assouplir une échine où pourtant rôde l'arthrose. Les mois passaient. Je renaissais à l'espoir. On se dit que qui ne prend pas tout tout de suite ne prend rien. Je m'espérais oublié, voire toléré, plus ou moins pardonné d'avoir existé avant *leur* venue. Chaque journée achevée constituait une victoire. Tout individu qui n'est pas mort est réputé immortel. Et, bien entendu, au moment où je ne m'y attendais plus, la chose s'est produite. Muté à Nouméa, mon garçon ! Sec ! Pouf ! Et vous savez bien sûr qui m'a remplacé, un malheur ne survenant jamais seul ? On a joint l'humiliation à la brimade. Non content de me couper la tête, on y ajoutait de fausses moustaches. Le *Falstaff* des bistros installé sur mon trône ! Je commence tout juste à en rire, car c'est drôle, somme toute, vous ne me direz pas le contraire ? On vous eût promu, vous, San-Antonio, qui fûtes mon disciple et possédez une certaine valeur, bon, bast, d'accord, j'aurais plus ou moins compris. Mais lui ! Ce gros machin répugnant ! Ce tas de sottises en vie ! Cette fosse d'aisance en circulation ! Lui, avec ses ongles noirs et ses yeux rouges, dites ! Lui avec ses dents encombrées d'immondices comme le sont les grilles d'égout ! Cet analphabète ! Que dis-je, cet analphacon ! Ce malodorant, ce butor, ce niais qui chaque fois qu'il doit signer hésite sur l'orthographe de son nom. Lui qui ne saura jamais que Quito est la capitale de l'Equateur, ni que Fleming a découvert la pénicilline. Lui, l'abject, que l'on comparerait à un éléphant si les pachydermes n'avaient droit à notre estime. Lui, si gros, si gras, si sale, si vinasseux, si mal rasé et que l'on sent plein de vilaines tripes trop encombrées ; lui, à *ma* place, le cul dans *mon* fauteuil, les coudes sur *mon* sous-main, ses énormes pieds puants sous *mon* bureau ! Huit nuits sans dormir, San-Antonio. Et les huit jours qui allaient avec également, bien sûr !

« J'ai tout envisagé... D'abord, d'entrer dans les ordres. Seulement, et ma femme ? Et ensuite, vous vous en doutez : de me suicider. Seulement, et moi ? Cerné ! J'étais cerné. Je n'avais plus qu'à assumer ma déchéance. Partir pour Nouméa, tout comme les bagnards d'antan ? Dites, les antipodes, merci. Je n'ai pas l'habitude de vivre la tête en bas, moi. Alors, quoi ? Démissionner et aller me claquemurer dans ma campagne normande pour en repeindre les cinquante-huit fenêtres ? Là, j'ai failli. Mais l'idée, la bonne, m'est venue vous savez où, Antoine ? Vous donnez votre langue au chat ? Dans une pissotière, mon bon. Si ma vessie ne m'avait tarabusté, je serais passé à côté de la gagne et n'aurais pas crié « Eurêka ». C'est la queue à la main que la solution m'est apparue. Vous êtes prêt, commissaire ? Attendez-vous à avoir un choc. Un vrai. Vous y êtes ? »

Il sort son portefeuille, y prend une carte qu'il me

tend. Je la saisis, ma main se met à trembler. Se peut-ce ?

— Non ? balbutié-je.

— Si !

— Vous ?

— Moi !

Ce brillant dialogue pourtant bien amorcé tourne bref. Je lui laisse reprendre le petit rectangle frappé de la faucille et du marteau. Achille s'est inscrit au parti communiste...

Il remise ce document, fièrement.

— Je vais vous dire une bonne chose, San-Antonio, promettez-moi de ne jamais l'oublier.

— Comment le pourrais-je, monsieur le camarade directeur ?

Il articule :

— Quand il faut ce qu'il faut, il faut ce qu'il faut, Antoine, me fais-je bien comprendre ?

— On ne peut être plus clair, camarade.

Il ajoute :

— D'ailleurs, je peux vous le confier, mon petit : la chose couvait en moi depuis l'adolescence. C'était endémique comme la peste bubonique dans certaines contrées. Toute ma vie n'a été qu'un malentendu. Je jouais au grand bourgeois alors que je hais cette caste infâme qui a étouffé l'évolution populaire et réduit l'homme en esclavage. Désormais je suis sur orbite, San-Antonio. D'ailleurs, mon examen de passage a été concluant puisque... Sous-secrétaire d'Etat, joli purgatoire, hé ? Attendez, mon grand, attendez que ça se décante, et vous verrez Achille jusqu'où il ira.

« Ah ! on me croyait fini, balayé comme excrément de chien ! On m'avait banni, radié, expulsé. On va voir ! Froid aux yeux, moi ? Jamais ! Mes prunelles ont mis leur thermolactyl, Antonio. (Il tapote l'emplacement de son cœur, c'est-à-dire, donc, celui de sa carte du Parti.) Ici, l'avenir, mon garçon ! Qui oserait le nier ? L'Occident aura beau regimber, louvoyer, protester, il passera à la casserole, mon petit vieux. Missiles à dominicile ! Cinq minutes pour fermer vos gueules sinon on vous rase gratis : Paris, London, Madrid, le Vatican, le Mannekenpis. Et alors, la grande vague pourpre ! Nostradamus gagnant ! Hop ! hop ! par ici la bonne soupe à l'oseille. Les Bourses fiévreuses changées en salles omnisports. La Corbeille devenue panier de basket ! Moi, j'aime. Et vous allez les retrouver chez Dache, le perruquier des zouaves, les nouveaux messieurs ! Le rose, ça ne tient pas le coup ! Couleur bâtarde, comme le violet ! Etre rose c'est être à demi rouge, et par conséquent à demi blanc. Vous me suivez, beau jeune homme ? Le futur appartiendra à qui sera quelque chose en plein. *Redman, whitheman.* Le reste ? Fume ! Et un gros comme ça ! Il a pris la bonne route, Achille : celle qui conduit à demain. Ça vous intéresserait, comme croisière, demain, mon gars ? Beau pays à visiter. En ce cas, en file indienne ! Le monde est réservé à ceux qui survivent. »

Un temps très long passe sur sa diatribe comme une langue d'homophile sur une zézette adolescente. Le camarade Achille sort un fin mouchoir de sa poche pour tamponner ses tempes glabres que son courroux a emperlées.

— Patron, murmuré-je, vous m'éblouirez toujours !

Et c'est vrai que sa vitalité me confond. Si je lui survis, je demanderai un moulage de sa tête pour m'en faire une pomme d'escalier.

Le Vieux me lance un clin d'œil de maquignon qui vient de vendre un âne rouge en persuadant le client qu'il s'agit d'un cheval arabe. Il est content de soi, un peu de moi. Se sent puissant, éminent, avec plein de projets hardis et un futur grand comme la Beauce.

— Au fait, me décidé-je, puis-je vous demander ce qui me vaut le bonheur de votre visite ?

— Je viens coordonner, me dit-il.

J'attends la suite. Elle ne tarde pas.

— Puisque vous n'avez pu lire la presse française dans cet îlot insalubre qui, en deux mille ans d'Histoire n'aura su créer de vraiment grand que la Rolls Phantom, vous ne savez pas à quoi s'exerce mon sous-secrétariat d'Etat. Sachez donc, commissaire, que je suis à la tête d'un Service national de coordination, chargé d'établir une transparence, voire dans certains cas une coopération entre les différentes polices françaises et les différents services de renseignements. J'ai eu à cœur, apprenant qu'on vous avait exceptionnellement délégué à la Brigade Azur, j'ai eu à cœur, dis-je, de superviser cette opération, comprenant tout ce que l'hyper-connerie d'un hyper-Bérurier directeur pourrait engendrer de néfaste dans une affaire aussi subtile.

— Vous tombez bien, patron, le pourléché-je, gentiment faux-cul par volupté de dégradation, car le meilleur des hommes que je suis (comme l'écriraient certains dont je t'enverrai la liste détaillée sur simple demande accompagnée d'un mandat-carte de cent francs) a besoin, parfois de s'infliger le silice mortificatoire de la flagornerie rampante.

— Je sais, répond cet être sans complexe.

Il sort un étui à cigares double compartiment, puise un Quai d'Orsay qu'il pétrit délicatement avant de se l'introduire dans le bec.

— Vous n'aimez pas le cigare, n'est-ce pas ? fait-il d'un ton qui semble sortir de chez le teinturier tant il est détaché.

— Je n'aime que cela, au contraire, corrigé-je.

— Et comme vous avez raison, complimente le Dabe en remisant le second barreau de chaise dans sa vague. (Puis, changeant d'orientation :) Je saute sur l'affaire d'autant plus volontiers que l'histoire Delameer m'a toujours taquiné comme des hémorroïdes. Je regrettais qu'elle ne fût pas officiellement de ma compétence...

Il stoppe tout pour allumer son cigare. Opération minutieuse qui vaudrait d'être commentée par l'exquis Lalou, grand spécialiste des reportages médicaux à la téloche.

Quand enfin, une fumée de conclave positif s'échappe de ses naseaux, il revient à la question :

— Je vous résume les faits, San-Antonio ?

— Je crois les connaître déjà, patron, mais redits par vous, ils vont prendre un relief nouveau, aussi vous prêté-je une âpre oreille et vous assuré-je à l'avance de mes sentiments émerveillés.

Le Vénérable retire son gros module de sa clape pour réintégrer sa facilité d'électrocution, comme dit Béru.

— Sous la quatrième et antépénultième République française, Adam Delameer est vice-consul dans l'émirat du Kalbahr sur le golfe Persique. Il est promu de fraîche date et fera une brève carrière dans la diplomatie britannique puisque, six mois plus tard, il sera contraint par le Foreign Office de démissionner. Les motifs de cette sanction ne nous sont pas connus, car vous connaissez ces insulaires guindés ? Ils n'ouvrent la bouche que pour parler du temps ou boire du thé inepte. Mais revenons à Delameer. Une nuit, il reçoit un coup de fil angoissé d'un agent français en mission... spéciale dans l'émirat en question. Le type en question, un certain Alain Fernal, en appelle à la solidarité européenne pour demander refuge au Britannique. Ce dernier accepte de l'héberger. Vous me suivez ?

Je le suis avec d'autant plus de facilité que je suis déjà au courant de tout cela, mais la politesse exige ; on ne claque pas le bec d'un sous-secrétaire d'Etat. Dans mon intérêt, je feins donc le plus vif intérêt.

Et Achille à la langue légère repart à bride-haleineperdre-abattue, ou tout ce que tu voudras pour exprimer la fougue :

— Quelques instants plus tard, une voiture stoppe devant la résidence de Delameer. Une portière claque. Elle n'est pas la seule : six détonations lui répondent. Et pour faire le bon poids, Alain Fernal claque aussi, ayant la poitrine, le ventre, la tête perforés par des balles de fort calibre.

« Delameer se précipite, suivi de ses domestiques. Ils se saisissent du Français et l'amènent à l'intérieur du vice-consulat pour tenter de lui prodiguer des soins, mais c'est trop tard, notre compatriote a déjà défunté. »

Là, le divin Achille laisse un blanc, manière de séparer les paragraphes.

J'attends, ou plutôt le précède. L'historiette, si tu veux, je t'en fais un chapitre de book. Delameer alerte les autorités françaises, car la France n'est pas représentée au Kalbahr. Il attend des instructions. On le prie de fouiller minutieusement la victime, de récupérer tout ce qu'elle peut avoir en sa possession, de bien palper la doublure de ses fringues, puis d'alerter les autorités du pays. Ce qui est fait.

La police de l'émirat ouvre une enquête qui ne donne pas le moindre résultat. Delameer transmet aux Affaires étranges françaises le résultat de la fouille, c'est-à-dire pas grand-chose : des papiers d'identité, de menus objets de poche, des dollars ainsi que des molhars (le molhar est la devise de l'émirat du Kalbahr, nul n'en ignore), plus un stylographe truqué se transformant éventuellement en sarbacane pour tirer des fléchettes au curare, et également un tube de comprimés d'aspirine à la strychnine, ces deux choses appartenant à la panoplie usuelle de l'agent secret en mission, n'importe quel charcutier en exercice te le confirmera.

Et puis le temps passe...

Comme dans les jeux radiophoniques où un concurrent doit chanter une chanson en même temps que l'interprète, puis poursuivre lorsqu'on interrompt ce dernier pour, en fin de compte, se retrouver en mesure avec lui lorsqu'on le réinjecte, la voix glabre du Chauve supplée ma voix intérieure.

Il s'en faut d'un brimborion de syllabe.

« *Et puis le temps passe* », pensé-je.

— ... *emps, paaaasse,* termine le Dabe.

A lui de jouer.

J'écoute, manière de permettre à mes cellules de s'offrir quelques instants de décontraction.

Il dit :

— Cette affaire se serait engloutie dans le flot du temps (il sait manier les mots, le bougre) si, dernièrement, un coup d'Etat de palais n'avait renversé le vieil émir Konhar le Constipé. Le monarque déchu a eu le temps de quitter le pays et s'est réfugié en Suisse où un compte numéro, solidement approvisionné, lui assurera, je gage, un dernier âge confortable. Une jeune pigiste du *Dauphiné Libéré* a eu l'idée d'interviewer le bonhomme, se disant qu'il serait intéressant de le questionner sur la francophobie dont il fit preuve au long de son règne. Cette gamine a eu là une fichtre idée.

« Konhar le Constipé, séduit par la jouvencelle et avide de se faire entendre, comme tous ceux qui n'ont plus droit à la parole, lui a raconté sa vie, en long et en large. Il a révélé que c'est à l'instigation de l'Angleterre qu'il s'est montré si résolument antifrançais ; ce n'est pas pour des prunes qu'on a surnommé cette nation d'insulaires « la perfide Albion ». Y a bon pétrole, vous m'avez compris ? Les *dear Frenchmen ? Take, smoke !* Mais passons. Le vieux Kohnar a envoyé le bouchon tout à fait loin en évoquant pour l'exemple, l'affaire Alain Fernal. Il a prétendu que jamais la police kalbahrienne n'avait tiré sur ce Français et qu'en fait, il avait probablement été abattu par les Anglais eux-mêmes. »

Le Daron jubile.

— Et le plus bioutifoul, mon cher petit, c'est que chez nous, personne au grand personne, n'a jamais envisagé cette éventualité ! On a bouffé, argent comptant, agent content, les boniments de sa demi-excellence mister le vice-consul. Alain Fernal est mort ? On a mis une croix dessus. La chose importante qu'il détenait a disparu ? On a tiré une croix dessus. Et vous ne voudriez pas que l'extrême gauche ramasse le pouvoir, Antonio ? Répondez-moi franchement, vous refuseriez de voir le drapeau rouge flotter sur l'Elysée, camarade commissaire ?

— En aucun cas, camarade sous-secrétaire d'Etat.

— A la bonne heure ; il ferait beau voir, comme disait Sartre !

Nouveau blanc. Pépère masse ses phalanges, puis caresse son lobe.

— Voilà la raison pour laquelle on vous a branché sur cette affaire plus de vingt ans après, camarade mon petit. Malgré ces deux décades écoulées, nous voulons savoir si ces îliens de mes testicules nous ont dupés ou pas.

— Je crains que la partie ne soit remise *sine die*, camarade patron.

— Pourquoi ?

— On a enterré Adam Delameer cet après-midi. Et il n'était pas marié au moment des faits dont sa veuve n'a probablement pas eu à connaître.

Le Dabuche pantomime extra. Sa tête s'allonge, puis s'élargit ; elle rougit, pâlit, bleuit, Verdi (Giuseppe), se momifie.

Il cloaque des muqueuses. Fait des couacs, des bulles, des blancs, des pointillés sonores, du morse, joue de la crécelle.

— Dites, mon cher, dites vite, dites tout, dites bien.

Je dis. Détaille. Lui explique que le meilleur moyen d'accéder à la vie privée d'un gonzier c'est de passer entre les cuisses de sa dame. Donc, j'ai. Mais au lieu de m'ouvrir la porte de son intimité, la chose a eu pour conséquence de lui ouvrir à lui, celle, beaucoup plus large, du paradis. Ce fut le noir coup fourré plein de hideur ! Achille dodeline.

— Nous ne saurons donc jamais ? lamente-t-il.

— Je le crains.

— A moins qu'il ne se soit confié à son épouse par la suite ?

— Un type comme Adam (de sagesse) garde pour son usage personnel les saloperies de son passé.

— Sait-on ? Il convient de poursuivre vos relations avec la donzelle, San-Antonio.

— Je vais tenter de m'y employer, camarade sous-secrétaire d'Etat ; quoique les fâcheux événements qui viennent de se produire ne doivent guère l'inciter à continuer une aventure l'ayant conduite au meurtre.

— Vous ne connaissez pas les femmes, commissaire : un rien les excite, qui vous dit que d'avoir trucidé son bonhomme ne la fait pas mouiller ?

— Eh bien, je tâcherai de m'en assurer, promets-je.

Mon ex-directeur demande après trente centimètres de rêvasserie :

— Bien entendu, vous n'ignorez pas ce qu'était la chose qu'Alain Fernal coltinait au Kalbahr ?

— Un fort diamant, m'a-t-on dit ?

— Le plus fort de tous ! La pierre devait régler un phénoménal marché occulte passé entre notre gouvernement de l'époque et l'émir Kohnar.

— Quel marché ?

— Mystère, je l'ignore moi-même, mais il s'agirait de pétrole que ça ne me surprendrait pas. Dites, le golfe Persique ! Hein, hmmm ? Ça sent quoi ? Le jasmin, d'accord et puis encore quoi ? Me fais-je bien comprendre ?

— Comme toujours, monsieur le camarade ministre.

— Merci. Cela dit, je trouve les dirigeants français bien légers, d'avoir confié à un seul homme un objet de tant de valeur !

— L'Histoire est remplie d'actes stupéfiants, camarade monsieur le sous-secrétaire d'Etat (état sœur ?).

— Hélas, hélas, hélas, et la pauvre chère France dure toujours. Ah ! la brave vieille ! Lui a-t-on assez foutu la main au cul, l'a-t-on assez cocufiée, moquée, pillée ! Et elle tient le coup, vaille que vaille, vieille que vieille. Increvable !

Un coup de sonnette éperdu rompt la quiétude grande-albione de la maison. On entend le diplodocus traîner ses grosses pattounes dans l'entrée.

Comme naguèrement, Mrs. Mahouss se repointe.

— Navrée, fait-elle avec un rien de méchante humeur, un autre monsieur pour vous, mister Antonio.

Elle démasse. Et alors, pour la seconde fois à deux reprises, tu sais quoi ?

O stupeur indicible !

Non, je ne te ferai pas languir.

Bérurier !

Lui ! Massif, souverain, directorial, assez formidable sur les bords. La paupière lourde, la barbe en poussance, sanglé dans un lardeusse verdâtre qui lui tombe jusque sur les pompes, coiffé d'un chapeau inconnu en feutre taupé, couleur caca d'oie ou de je ne sais qui, cravaté siouplaît, que juste trois taches pas tellement magistrales témoignent que cette cravtouze est bien celle d'Alexandre-Benoît ; une tache de vin rouge, une de mayonnaise, la troisième de sauce tomate, et c'est tout !

Mrs. Mahouss commence à me trouver incongru avec ces visites dont je suis l'objet. Elle marque sa réprobance en restant à distance, bras croisés, farouche défenseuse d'un logis héréditaire. « O maison de mon père, ô ma maison que j'aime », que disait Péguy.

Le nouveau venu jette un regard farouche à son prédécesseur.

— Je puis-je-t-il connaître l' motif d' cette réunion ? demande-t-il sèchement.

Et, rien qu'à moi :

— De qui est-ce prenez-vous-t-il vos ordres, commissaire ? me demande l'Obéseur. A qui est-ce-t-il qu'vous d'vez en refréner, j'vous prille ?

Achille se met à grincer comme un vélo de facteur rural dans une côte.

— Dites-moi, l'ami, oubliez-vous que je suis sous-secrétaire d'Etat à la Coordination des polices ?

Sa Majesté fourre ses mains déguisées en poings dans les vagues de son manteau.

— Dites-moi, l'ami, rétorque-t-il, oublilleriez-vous-t-il que l'commissaire est placé sous mes ord'dirèques et que si v's'aureriez quéqu'chose à lu faire savoir, v's'êtes forcé d'm'y dire à moi d'abord ?

Achille révulse de partout.

— Vous l'entendez ânonner, ce poussah ? fait le Scalpé, comme pour se décharger partiellement de son incrédulité. Vous mesurez, Antoine, par quoi — je n'oserais dire par qui, ayant un certain respect du genre humain — l'on m'a remplacé ? Rem-pla-cer ! Ce verbe est un poignard planté dans mon orgueil, mon petit. Etre *remplacé* par ce machin-là, c'est mourir deux fois.

Bérurier respire en grand. J'espère, pour les menus objets épars dans la pièce, qu'il ne va pas expulser en force les trois mètres cubes de gaz dont il a empli ses ballasts. La mère Mahouss ameuterait la garde si on débibelotait sa baraque. Heureusement, le Gros exhale avec mesure.

Il considère son ancien patron longuement, comme

s'il eût été un étron déposé par un passant pressé sur son seuil.

— Le « poussin » qu'vous causez, m'sieur l'sous-j'sais-pas-quoi, de ch'sais-pas-quoi-non-plus ; y l'a l'honneur d'vous pisser à la raie, ni plus ni moins, av'c beaucoup d'parfaitement.

— Vous êtes un paltoquet ! trépigne l'Achille.

— Pas plus toqué que vous, et en tous les cas moins pâle ! rebiffe Béru.

En viendraient-ils aux mains ? Intéressant, non ? Et comme ce serait dommageable pour le faciès d'empereur romain du Vieux !

— Voyons, voyons, voyons ! Messieurs, messieurs, messieurs ! lancé-je, dans un superbe alexandrin bisyllabique à répétition flatulée. N'oubliez pas que nous sommes à l'étranger et qu'une vieille Britannique vous regarde, comme une vache regarde se croiser deux trains. Ne lui donnez point à croire que notre pays est terre de zizanie !

Ce rappel à l'ordre calme les esprits.

La fureur du Dabe court sur son erre.

— Bérurier, gronde-t-il, vous aurez de mes nouvelles.

— Ce sera t'avec plaisir, assure l'Urbain III (le II prêchait la Croisade).

Dès lors, je prends l'initiative, étant le visité.

— Puis-je connaître l'objet de ton voyage, Gros ?

Sa Majesté maussade des labiales.

— Si slave vous contrarirerait pas, j'vous serais r'connaissant d'pas m'tutoillier, me déclare le nouveau directeur. Vous connaissez le dit-on ? La famille alitée engrange l'mépris. D'même, si vous voudriez vous abstiendre d'm'appeler Gros, la conversation d'viendrait mieux opérationnelle. Ce qu'j'ai à vous causer, j'vous l'causerai quand t'est-ce vous s'rez seul, commissaire ; si on s'rait pas discrets dans not'métier et qu'on esprime d'vant l'premier v'nu, ça irait où, j'vous d'mande ?

Le Vénérable émet un hennissement de cheval venant de se briser une jambe.

— J'ai à charge la coordination des polices, tonne-t-il, et par conséquent droit de regard sur toutes les affaires.

Le Mammouth hoche la tête.

— V's'avez droit d' regard sur mon cul, mon bonhomme, il dit. J'sus prêt à vous l'montrer, la cave déchéant, moi, mon bonhomme, je fais pas d'l'ouvrage de salon, mais d'la police. Faut vous fout' dans l'cigare qu'les temps a changé.

Puis, à moi :

— Commissaire, vos visites privées, ça va t'êt' encore long ? Si voui j'vas aller casser une graine, c'est l'heure de mon thé.

Le Vieux se plante devant Alexandre-Benoît.

— Ah ! odieux goret, murmure-t-il, avant longtemps tu seras révoqué comme l'édit de Nantes !

— Vot'lady, qu'é soye d'Nantes ou d'Montaigu, j'l'encule ! déclare avec fermeté mon nouveau directeur.

C'en est trop pour le précédent qui sort en trombe, bousculant Mrs. Mahouss, ce qui n'est pas chose facile ; moi j'ai essayé de bousculer la tour Saint-Jacques, en vain, et elle est cependant moins massive que mon hôtesse.

Lorsque le Vieux est *out*, la paix revient. Béru sourit aux anges.

— J'sus pas fâché d'y avoir dit son faîte ; il m'a assez plumé les burnes quand t'est-ce j'étais sous sa ferrure, c't'apôtre. (Puis, redevenant sérieux :) Commissaire, annonce-t-il, j'viens personnellement, moi-même en personne, pour l'histoire Adam Delameer. J'ai bien r'çu vot'message, comme quoi c'connard est clamsé, seringué par sa vieille. V'là un deuil qui tombe mal.

— C'est bien ce que je pense.

— V'savez ce dont j'viens d'apprendre, commissaire ?

— Je suis tout ouïe, monsieur le directeur.

— Le gazier qu'a été buté au Kalbahr transportait un diamant, v'v'rappelez ?

— Parfaitement.

— C'diamant, v'savez d'qui y s'agissait ?

— Non ?

— Le Gérant !

— C'est-à-dire ?

Mon supérieur commisère :

— Voyons, vous m'charriez. Un mec tel qu'vous, qu'a un brin d'culture, pas connaît', le Gérant qu'est esposé au Louv' !

— Vous voulez parler du Régent ?

Sa Majesté renfrogne :

— V'nez pas m'taquiner sur les mots, j'vous prille, commissaire.

— Ainsi donc, m'empressé-je d'enchaîner, le gouvernement français aurait consenti à un tel sacrifice ? Et onc ne l'a su ! Qu'est donc, en ce cas, le diamant qui continue de porter ce nom prestigieux dans sa vitrine ?

— Çu-là a été acheté à la Samaritaine de lusc pour trois cent cinquante-quatre francs et vingt centimes, révèle l'Important. Y a d'quoi s'l'estraire et s'la passer au papier d'verre, non ? Et les foules en délire défilent d'vant en esclamant comme quoi c'est l'eau la plus pure, et qu'il est blanc-bleu, et toutes sortes d'conneries. Y a ben qu'le foie qui sauve, non ?

— Fallait-il que le marché passé fût important.

— Vital !

— Vous en connaissez les termes, monsieur le directeur ?

— Zob ! Les documents ont z'été détruits avant

l'arrivée de d'Gaulle. On sait même pas qui c'est qu'a transactionné. Mais y reste quéqu'un dont on doit pouvoir apprendre la vérité.

— L'ancien émir, Kohnar le Constipé ?

— Gagné ! C'est au sujet d'son propos qu'j'sus con descendu à v'nir personnellement moi-même en personne, Santonio. L'vieux bougre habite la Suisse où qu'il a emmagasiné ses picaillons, mais pour l'instant, y passe l'hiver à Marasèche. Y a donc urgerie qu'vous v's'arrangeasse pour l'rencontrer et lu tirer les vers du nez. J'vais vous espliquer, commissaire. Moi, j'dis, ce Gérant, y n'est pas paumé pour tout l'monde. De trois choses l'une : ou bien c'est l'émir qui l'a enfouillé et qu'a fait scrafer Fernal. Ou bien c'est les Britiches qu'ont manigancé l'coup. Ou bien c'est un troisième lard rond qu'aurait opéré. Pusque Delameer n'peut plus témoigner, faut changer d'braquet, mon drôle. Entreprendre l'émir, me fais-je-t-il bien comprend' ? Moi, tout c'que j'sais : le Gérant n'a jamais plus reparu, on sait pas ce qu'il est devenu, et le gouvernement veut prend' à toute force des nouvelles de sa santé. Me comprenez-vous-t-il complètement ?

— Je le pense, monsieur le directeur.

On perçoit la sonnerie du téléphone en coulisse. Il a une drôle de voix : chevrotante, acide. La citadelle de viande va répondre.

Et puis, pour la troisième fois, sa montagne cache la forêt.

— *For you, mister* Antonio !

De plus en plus revêche. Je lui provoque trop de tracas, décidément. Je romps sa quiétude, tu comprends ? Elle va me filer mon sac. De toute manière j'allais prendre congé.

Je gagne le hall. Le bigophone est mural, à l'ancienne. Drôlement vétuste, à classer maniement hystérique !

— Ici San-Antonio, j'écoute ?

Un souffle frais. Un timbre délicat. Je reconnais la voix de Sirella.

— C'est moi, *darling.*

Le cœur du *darlinge* exécute un triple saut périlleux.

— J'ai envie de vous voir, murmure la chérie.

— Où êtes-vous ? demandé-je en anglais, ce qui est très facile quand on parle la langue.

— Je viens de rentrer chez moi. Venez vite.

— Est-ce prudent ?

— Peu importe.

Un temps.

— Je vous aime, chuchote-t-elle, en anglais toujours.

Mais ça, tout le monde sait le dire.

LE PARLEMENT ? PARLE-M'EN !

Si la montagne ne va pas à Mahomet, Mahomet va à la montagne, dit un proverbe arabe. Et Jacques Chazot d'ajouter : « La bite ne fêle pas le moine ! »

J'évoque ces sages maximes en franchissant au bras de Sirella le seuil de l'hôtel *Mâ-Kâch* (Bonnot, directeur) l'une des réussites les plus accomplies de Marrakech.

Car, magine-toi, l'abbé, que l'une des premières personnes que j'asperge en déboulant de mon bahut, c'est le vieil exilé, l'émir Kohnar en personne, altier quoiqu'un peu fatigué, dans sa gandoura et son burnous blancs, avec sa barbe en pointe, poivre et sel (en anglais « pepper and salt »), son regard étrangement clair et ses babouches de soie brodées d'or. Frime de prince, teint ambré, nez aquilin (« tout vous est aquilin, tout me semble zéphir », disait La Fontaine), démarche royale.

Il est flanqué d'un jeune secrétaire qui porte un attaché-case en crocodile (coins or massif, avec deux diamants sur les fermoirs) et gagne une Rolls blanche dont un chauffeur en djellaba lui tient la portière ouverte.

J'augure bien de ce voyage. Radiner pour mater illico la personne justifiant votre déplacement, voilà qui est baisant, non ?

Ma chambre a été retenue et un employé du

prestigieux hôtel nous y conduit en faisant tinter contre le mur la plaque de cuivre fixée à la clé. Il est jeune, bien de sa personne, porte une chéchia et empoche le pourboire que je lui débloque sans le regarder, ce qui est une preuve de parfaite éducation.

Enfin seuls !

C'est dingue ce que cette jolie meurtrière me porte à l'épiderme !

En attendant qu'on nous grimpe nos valdingues, je la saisis par la taille et la conduis à la fenêtre. Ici, c'est le printemps. La vue donne sur un immense jardin complanté d'orangers et de citronniers entrecoupés de pièces d'eau. Dans le fond, l'Atlas majestueux, ocre, nimbé d'une légère brume bleutée. L'air est suave, des oiseaux ramagent à tout va. Quand tu es là, tu te demandes pourquoi ailleurs existe, et tu doutes de Denain, de Boulogne-Billancourt, de Belfast, du Cap-Nord, de la baie d'Hudson, du P'tit Quinquin, du Gros Rogin, de l'onglée, du caleçon long, du sirop contre la toux, du naufrage du *Titanic,* des plates-formes en mer du Nord, des boulevards périphériques, des bébés phoques, de Bardot, de l'hypoténuse et de son fameux carré qui nous a fait tant de mal. Oui, tu oublies cela, plus tout le reste, pour ne plus songer qu'à vivre, à jouir.

Sirella, gagnée par l'enchantement, frotte sa hanche contre la mienne, tout aussi impatiente que je le suis de « se mettre » à l'aise et de se laisser clouer vivante sur un lit par un clou vivant, comme disait poétiquement la dame à l'ours noir avant d'entrer chez Vivagel.

Et bon, les bagages s'annoncent (du pape), du moins le crois-je en entendant frapper à notre porte.

Je prie d'entrer. Mais il s'agit d'une serrure dont le loquet se trouve exclusivement à l'intérieur et qu'on ne peut déponner du dehors qu'à l'aide de la clé. Je vais donc ouvrir. A ma surprenance, me trouve nez à groin avec un gros mec plus boursouflé qu'un parachute mal replié, rouge de partout, au nez truffé de veines et de cratères d'où t'attends de voir jaillir m'sieur Haroun Tazieff que j'sais pas ce qu'ils attendent pour le mettre ministre des Volcans en activité, vu qu'il remplit toutes les conditions requises.

Le gonzier que je te cause bedonne dans un futal de lin bleu azur sillonné de plis dont aucun n'est vertical. Il porte une chemise fantoche, à manches courtes ; des lunettes de soleil pendouillent dans les poils gris de sa poitrine, maintenues par une chaîne d'arpenteur en or blanc javellisé.

— Salut, le Grand ! me lance-t-il, du ton jovial qu'emploie un charcutier de banlieue lorsqu'il te fait visiter son appartement Merlin de Pâle-Lavasse-des-Flots.

Je le scrute, cherchant à déblayer un paquet d'années de ce visage, mais sans y parvenir.

Ferait-il erreur ? Serais-je le sosie (son à l'ail) d'un pote à lui ?

Ce qu'il dit ensuite me détrompe.

— Eh ben, dis donc, Antoine, t'es guère physionomiste pour un flic. Tu te rappelles pas de moi ? Dutalion ! Eloi ! Eloi Dutalion, ça ne te dit plus rien ? J'étais ton moniteur de tir, à l'école de Police quand tu te préparais au grade de commissaire.

Oh ! le con ! Le sale, l'incroyable, le surdoué con ! Con, fils de cons, petit-fils de connards, arrière-petit-fils de connards ! Le monstrueux con ! L'indicible con ! Le con tous azimuts ! Patenté ! Homologué ! Indéniable ! Con à l'état pur ! Dont tous les composants sont cons, archicons, hypercons. Con blanc-bleu ! Cartier vendrait du con, il ne pourrait fournir mieux ! C'est le top niveau ! L'archétype du con !

Venir me disloquer la cabane, en deux coups les gros. A peine que j'arrive, lui, il se précipite. Tonitrue ! Me révèle, me trahit ! Maintenant, la belle Sirella a découvert le pot aux roses. Il a suffi de cette tête de con avec sa voix de con, pour tout foutre à terre. Oh ! comme je le hais ! Complètement, intégralement, définitivement ! Avec effet rétroactif. En remontant jusqu'à la treizième génération, façon templier.

Le triste et sombre et cancreleux salaud de con ! Je lui fais les gros yeux dans une tentative désespérée.

— Oh ! oui, oui, bien sûr, m'entends-je bêler : Eloi Dutalion, je me souviens parfaitement. Mais vous savez que je ne suis pas entré dans la police. En définitive, je me suis lancé dans le livre.

Il devrait piger, rectifier la fin de sa sottise. Prends n'importe qui en même situasse. Canuet par exemple, il pigerait, ferait marche arrière. Lui ? Tu penses, à ce point con, il pouffe, rigole comme un pissat d'ivrogne sur un trottoir, la nuit.

— Toi, plus dans la police ! Elle est bonne ! Pas plus tard que la semaine dernière, j'ai rencontré Pinaud, ton adjoint, qui m'a raconté certaines de vos dernières prouesses.

Je vois tout blanc, comme éclairé au magnésium. Et dans tout ce blanc, la gueule rougeaude de ce monumental con. Je me dis : « Ça y est, je vais l'aligner. » Mon poing se crispe. Un prodige de volonté le laisse pendre au bout de mon bras contre mon cher pantalon que je rêvais de poser il n'y a pas trois minutes.

— Dutalion, murmuré-je, comme cause un corbeau souffrant d'angine à sa corbelle. Dutalion, si tu ne fous pas le camp à la seconde, j'écrase ta sale gueule comme je le ferais d'une noix véreuse !

Mon visage livide, mon regard de meurtre le déroutent. Les rouages de sa connerie se mettent à fonctionner en grinçant. Comme j'ai rouvert la lourde, il recule. J'accélère sa vitesse de départ en vrillant mon doigt dans sa poitrine d'ahuri.

La porte claquée lui cigogne le pif. Je l'entends exclamer, de l'autre côté du panneau :

— Ben ça, alors, on me la copiera !

A quoi bon la lui copier, l'original suffit : c'est de la pièce de musée.

Un grand coup de respirance, puis je reviens à Sirella. Elle est debout près du lit, occupée à ôter ses fringues. Elle fait glisser ses collants de deuil le long de ses jambes fabuleuses.

— Vous savez, Antoine, me dit-elle, ne soyez pas contrit : je savais qui vous étiez... (Elle a un mignon rire flûté.) et aussi ce que vous êtes venu chercher chez nous. C'est à propos de ce gros diamant, non ?

Les testicules m'en pendent, ma bonne dame ! Elle... elle savait...

Sirella a achevé de se défaire du collant. Sa belle toison luxuriante appelle à la luxure, justement.

La friponne meurtrière masse le dessous de ses seins agressifs, comme pour les rendre davantage opérationnels.

— Je me proposais de vous parler de tout cela, dit-elle. On fait l'amour d'abord, ou bien on bavarde ? Je ne vous cacherai pas que je suis pour la première option : l'amour a hélas une fin, la parlote presque jamais.

Elle s'agenouille, non pour une imploration, mais pour joindre la bouche à la parole. C'est ça, la franche connection. Au démarrage, je continue de macérer dans mon éberluement, mais la veuve Delameer est d'une telle « expertise », comme dit Béru, que, progressivement, sa technique a raison de mes pensées. Et c'est bientôt l'enfourchement final par toute la troupe. Ali Babasse et les quarante violeurs ! Le chat botté jusqu'à la garde ! Je l'attaque en travers du plumard, comme on le fait par gros temps, la poursuite sur le canapé pour la troussée cosaque, puis on continue sur le pouf pour la figure intitulée « Immolation de l'esclave », et tout s'achève à même la moquette dans la Charge des paras. Très belle séance, variée, mais sans excès, pratiquée par deux partenaires indéniablement doués, qui ne se livrent pas à fond, aucun titre n'étant en jeu, mais se font une mutuelle démonstration de leur technique.

Galant, je me verticalise en premier et lui tends la main.

Elle respire profondément.

— Oh ! chéri, soupire-t-elle, qu'importe que vous soyez un flic du moment que vous me faites l'amour aussi divinement.

Un baiser calme met un point final à sa reconnaissance.

Légèrement plus tard, drapés dans les peignoirs de bain mis à notre dispose par l'hôtel, nous devisons face à face, lovés dans deux fauteuils, avec, entre nous, une bouteille de champagne reconstituante.

— Eh bien, mon ange, je vous écoute, lui dis-je en m'efforçant d'avoir l'air dégagé.

Sirella me cligne de l'œil.

— Savez-vous qui m'a informée de vos fonctions ?

— Je ne sais rien, chère merveilleuse, n'étant qu'un pauvre petit flic au rabais.

— Mon époux.

— Pardon ?

— Ça vous étonne ?

— Vous voulez dire que ça me la coupe.

— Voilà qui est dommage, plaisante Sirella.

— Quand vous a-t-il prévenue ?

— La veille du jour où vous m'avez abordée.

Ma stupeur ne fait que croître et embellir.

— Vous allez me raconter cela par le menu, l'en prié-je.

— Oh ! ce sera vite fait. Un soir tandis que nous regardions un match de cricket à la télé, Adam m'a dit : « Darling, il faut que je te prévienne, un type vient de débarquer dans ce village, un flic français. Il se peut très bien qu'il entre en contact avec toi, cela concerne une affaire très embrouillée qui remonte à l'époque où j'étais en poste au Kalbahr. » Comme je le pressais de questions, il m'a vaguement expliqué qu'un agent français en rapport avec l'émir pour négocier la vente d'un fameux diamant avait été assassiné non loin du consulat britannique, et que la France s'imaginait que lui, Adam, avait peut-être trempé dans cette sale affaire...

Elle parle, le regard au plafond. Les plafonds sont des écrans pour les rêveurs.

— Et il prétendait être en dehors du coup ? insisté-je.

Sirella hausse les épaules.

— Il n'a pas précisé, mais son ton léger le donnait à penser.

— Puis-je vous demander quelle est votre conviction profonde, mon petit cœur ?

Ma fuligineuse a un sourire flou comme cette photo de mon cul que tu as prise l'été dernier, le jour que tu étais chlass au point de confondre ta boîte de Kleenex avec ton Polaroïd.

— Avec Adam, il était difficile de se faire une conviction ; c'était un être qui ne livrait de ses pensées que ce qui était nécessaire à la bonne marche de notre foyer...

— Mais encore ?

— Eh bien, je crois que s'il a été impliqué dans l'histoire, c'est sur l'ordre de ses supérieurs. Adam n'a jamais possédé de diamant rarissime.

Une musique maghrébine s'élève, lancinante, nostalgique, qui sinue dans l'âme tel un serpent à sornettes, un serment à sonnette, se faufile, investit, se love (I love you !) et fêle en vous on ne sait quoi de précaire, d'ignoré, d'indispensable.

— C'est étrange, soupiré-je.

— Quoi donc ?

— Ce mari qui annonce à son épouse qu'un flic français va tenter de forcer leur intimité ; et cette femme qui se laisse séduire — ou fait admirablement semblant, ce qui revient au même —, puis qui trucide son époux au moment où il les surprend. La logique n'y trouve pas son compte...

Sirella ne répond pas. Les pans du peignoir se sont écartés et je retrouve sa luxuriante (et luxurieuse) toison. Je ne m'en lasse pas : la fourrure m'a toujours excité.

— A mon tour de vous demander ce qu'est votre conviction profonde, dit-elle.

Je souris.

— Ma conviction profonde c'est que vous avez la chatte la plus étonnante avec laquelle il m'ait été donné d'avoir un entretien en tête à tête.

— Et à propos de mon comportement ?

— A propos de votre comportement, je pense que vous n'avez pas abattu votre bonhomme pour mes beaux yeux, Sirella. Mais que vous l'avez liquidé de propos délibéré. Vous avez, si je puis dire, sauté sur l'occasion.

Je la regarde, tendrement, avance ma main toujours avide vers le siège exubérant de sa régalerie pour capiteuser des doigts. C'est chouette, ça chante, ça titille, ça chuchote déjà de nouvelles promesses pour des imminences dont je ne te dis que ça !

— Expliquez-vous, murmure la divine.

— Votre bonhomme vous annonce ma présence et mes intentions. Vous me laissez venir et m'accueillez inoubliablement. Vous tenez votre julot au courant du déroulement, en omettant de préciser toutefois ce qui pourrait désobliger son honneur, comme me disait la semaine dernière, y a pas plus tard, le vicomte de Bragelonne. Le jour de notre fatale rencontre, vous lui avez conseillé de revenir à l'improviste. Il. Ce qu'il découvre alors le bouleverse : il ne s'attendait pas à cela. Coup de sang. Vous le révolvérisez pour, officiellement, me sauver de ses intentions contondantes.

Sirella continue de sourire et de se laisser pétrir l'intimité. C'est vraiment le Sphinx. Ou l'une de ses pensionnaires.

— Fin du premier chapitre ? demande-t-elle.

— Ce serait une bonne chute, non ? Pan ! Mort, le mari, s'enfuit l'amant.

— Comment débuterait le second ?

— Par un autre mystère.

— Par exemple ?

— Concernant la crédibilité de la police. Je vais vous dire, jolie chérie, selon moi, les Britanniques ont un tas de défauts, dont le principal est d'être anglais parfois ; mais ils ont une qualité qui rachète tout : ils sont intelligents. Et j'ajouterai, n'étant pas homme à lésiner, très intelligents. Comme on est treize à la douzaine quand on fait l'œuf chez le crémier en période de soldes.

« Que vos flics aient mordu à l'histoire des agresseurs me semble plus improbable que de voir promouvoir le pape chef du Politburo. »

Nouveau silence relatif, car la musique serpentine continue de vous nasiller les testicules dans des lointains ensoleillés.

Sirella se met à me rendre l'appareil, ou plutôt à me prendre l'appareil afin de me rendre la pareille, comprends-tu ?

— Et vous poursuivriez comment ce passionnant deuxième chapitre, *darling ?*

— Là, j'ai plusieurs bifurcations envisageables, mon joli berlingot à crinière.

— Dont les principales ?

— Dont la principale serait que les autorités vous couvrent.

— Bigre, comme vous y allez !

— J'y vais par quatre chemins, justement, puisqu'on est à un carrefour.

— Et pourquoi la raide justice anglaise couvrirait-elle une épouse meurtrière ?

— Si la mort du mari est souhaitée en haut lieu ? Il n'est pas épicier, le mari, il n'est pas conducteur d'autobus, déboucheur de lavabos, assureur conseil, vendeur de grand magasin, éditeur de livres pieux ni importateur d'appareils japonais. Il est plus ou moins espion, ce brave conjoint. Il tripatouille dans les sphères hermétiques du Renseignement. Et le Renseignement britiche, ô pardon, Ninette ! C'est pas de la tarte aux myrtilles ! Les plus beaux sacs d'embrouilles de ma carrière c'est de l'autre côté du Channel que je les ai trouvés. Et c'était pas des sacs d'embrouilles Hermès, croyez-le !

Elle paraît s'amuser follement de mes propos. Pas bégueule. En v'là une qui trucide son vieux et qui, ensuite, fait l'amour et l'humour avec l'amant motivateur. Sa totale décomplexion vous fait un peu froid dans le dos.

— Donc, dit-elle au bout de son savourage, donc, vous croyez à un meurtre téléguidé. J'ai tué l'homme avec lequel je suis mariée depuis plus de dix ans pour rendre service aux Services ?

Je la mate très longuement au fond des yeux, là que t'aperçois Giscard. Le regard, fenêtre de l'âme, qu'on dit puis. Les pensées d'autrui ont tendance à être discernables dans leurs mirettes, un peu comme l'est l'avenir dans les lignes de la main, comme si l'avenir c'était pas un peu tous les jours, somme toute ! Pas d'autres repères que le passé pour pouvoir pronostiquer le futur. Ainsi, je t'annonce une prochaine guerre parce qu'il n'y a eu que ça depuis qu'*ils* se sont trouvés à trois sur notre planète et qu'*ils* sont toujours aussi cons, avec plein de jolies armes à la disposition de *leur* connerie flamboyante. Pour lors, tu peux engager une prédiction.

Dans le verre dépoli de ses fenêtres, j'aperçois des choses floues.

— Ecoutez, ma folle maîtresse, lui dis-je, je ne suis pas absolument certain d'avoir deviné juste, mais je sens ardemment que je brûle. Il y a à la base de cette affaire un amphigouri de première ; vous savez ce que signifie « amphigouri », n'est-ce pas ?

— Oui, mais pas vous, répond la donzelle, amphigouri définit un discours burlesque, alors que vous donnez au terme un sens différent.

— Pas du tout, ma jolie cressonnière, rebiffé-je, c'est bien d'un galimatias qu'il s'agit en l'occurrence ; du moins est-ce l'impression reçue de l'extérieur, car je ne doute pas que les mobiles de base et vos agissements ne soient solides, considérés de l'intérieur.

Bon, attends, je vais cesser d'exprimer de cette manière alambiquée, que sinon tu vas te faire chier comme cent rats morts et m'envoyer ce book dans le portrait ; ce qui serait du plus grand dommage, compte tenu de ce qui se prépare.

La mère, je la sens en hésitance. Elle lutte entre son devoir et ses élans. Mais les nanas, question devoir, c'est pas leur vertu cardinale, voire simplement épiscopale. Il suffit que le fruit de sa démangeaison mûrisse pour qu'elle se gratte, comme l'écrivait Baudelaire dans « Du mâle l'effleure ».

Encore trente secondes de ma fixité et madame s'affale.

— Une supposition que je sois folle de vous ? demande-t-elle.

— Supposition qui m'honore.

— Continuons de supposer que cette passion que j'éprouve m'amène à mettre bas le masque ?

— Ma vanité serait à son comble.

— C'est tout ce que vous apporterait une telle

preuve d'amour ? Une satisfaction d'orgueil ? Mon Dieu, comme je ne suis pas payée de retour.

— Chérie, n'oubliez pas que notre liaison a été téléguidée, comme dans les beaux films d'espionnage d'avant la dernière *war. Marthe Richard au service de la France !* Le bel officier allemand dont la séductrice de commande tombe amoureuse pour de bon ! Ça a fait chialer le public à l'époque.

— Savez-vous pourquoi ? m'interrompt-elle.

— Allez-y !

— Parce que la chose repose sur une vérité humaine. Les gens pleurent parce qu'ils reconnaissent leur propre sentiment. Si l'officier allemand est beau, il séduit, et point à la ligne ; dans la vie comme à l'écran. Dans notre histoire, le bel officier allemand, c'est vous. Et vous m'avez séduite parce que vous me plaisez et que vous me faites l'amour comme personne avant vous ne me l'avait fait. Gargarisez-vous tout votre content, Antoine. Roulez les mécaniques, comme on dit dans vos bouquins ; je ne m'attends pas à ce que vous tombiez amoureux de moi, je voudrais simplement, humblement, que vous croyiez que je le suis de vous. Il me serait... agréable n'est pas un bon mot, disons, réconfortant, oui, c'est cela, il me serait réconfortant d'être crue ; je n'avais encore jamais dit à un homme que je l'aimais. Alors, puisque je m'y risque pour la première fois, il faut me croire. Ça ne vous engage à rien ; c'est gratuit et sans conséquence.

Elle s'est animée. Elle est rose d'excitation. Ses yeux brillent comme des diamants, des étoiles, du satin, un arbre de Noël, et toutes autres culteries que tu serais amené à ajouter. Sa fougue me trouble. Bon, après tout, *why not ?* « Supposons », a-t-elle dit en commençant. O.K., je veux bien. Elle m'aime. Je suppose qu'elle m'aime. Alors ?

Je lui roule la pelle Grand Siècle, tournant sept fois ma langue dans sa bouche avant de parler, comme on me l'a enseigné à la maternoche. Quand tu es seul avec une moukère et que tu traverses une période embarrassante, galoche-la vite fait bien fait. Ça t'évite de parler, voire aussi de la regarder.

Elle s'efface donc un baiser longue durée avec accompagnements manuels au mistigri et aux frères Karamazov pour faciliter le transit. Qu'après quoi, ouf ! l'atmosphère est détendue. On est passé du suave, du vaporeux, au consistant : j' te panse, donc j't'essuie. Attends qu'elle termine ses confidences, Poupette, et tu vas voir cette deuxième ramonée géante que je vais l'octroyer.

Elle me chevauche soudain, peignoir ouvert, heureusement, sinon du râpeux allait se fourvoyer dans son module lunaire sous la poussée de bas en haut égale au poids du volume déplacé (comme chacun sèche) de mon polymère à foudroiement valvaire. C'est la mignonnette qu'accomplit tout le turbin. La manière qu'elle te cramponne le chauve à col roulé pour brancher l'oléoduc ! La frénésie donne de l'inspiration, l'inspiration du génie. C'est un travail magnifique. Je savais pas qu'elle avait été écuyère, Sirella ! Et pas une écuyère à café, espère. Le trot anglais, imbattable ! Le pas des lanciers ! Le grand steeple d'Hadley Chase ! La traversée du désert ! Les Comanches attaquent à l'aube ! Tous les grands classiques du genre. Et quand elle m'a bien monté à cru, elle me monte écru. En amazone ! Le fin du fin ! T'imagines le tableautin, Léon ? Façon reine Christine ! Dadoun, dada, dadoun, dada ! Peinardos, calmos ! A la rentre-comme-tu-me-le-pousses ! A l'avale-comme-je-t'épouse ! Dadoun, dada, dadoun, dada ! Je magnifie de la collerette ! J'engorge du goitre ! Elle a un sens de l'équilibre, cette môme, peu croyable. Faut dire qu'avec un centre de gravité comme mon copain Prosper le Déluré, elle peut aventurer des miches sans sa mère, la Sirella jolie.

On gnoufgnouffe catégorie A. Un imprésario qui passe dans le couloir et qui, alerté par les cris de ma joyeuse commère de Windsor, risque un zœil par le trou de la serrure, se met à faire le pied de grue, le pied de coq, le pied de coquecigrue dans le couloir, attendant qu'on en ait terminé pour nous réclamer nos coordonnées ; qu'il veut absolument nous importer à Las Vegas, en passant par Nouille Hork, Pithiviers, Saint-Pétersbourg.

Je retiens les rênes au maxi, pas emballer du colifichet. Je déteste les fins de règne. L'assouvissement est un abandon, une débandade, n'oublie jamais, ce serait trop grave. Garde ta fumée, fils, pour le camouflet de la paix, comme dit Bérurier l'Unique. Fais ton mais-encule-pas, ajouterait le pachyderme hypodermique.

Doucement, Gaston ! Dou-ce-ment ! Pose-toi en douceur. Laisse aller madame, mais rate pas l'atterrissage. Le manche, Gaston ! Le manche ! Bien droit que je te dis ! Rends-le mollo ! Gaffe au contact ! Plus dure est la chute. Fais pas de zèle, Gaston ! Tiens ta gaule et surveille tes gestes. La jolie maâme est larguée ? Ça ne fait rien. Doucemin, bongu ! Brrrr... V'là les pâquerettes, Gaston ! Lâche les gaz. Attention au palonnier, tu perds de l'assiette ! Bravo ! Impec ! Dans la vaseline ! Elle t'a reçu cinq sur cinq, laisse-lui la monnaie ! Maintenant fais-lui une bise sur les meules, lui montrer ta bonne éducance. Tu vois comme elle est contente ? Ça ne coûte rien et ça fait plaisir. Tu y achèterais la Santos or et brillants, elle serait pas plus comblée sur le moment, Sirelloche. Reine des hautes combines ou non, elle raffole du goumi à frissons, c'est indéniable ; on peut pas lui enlever ça. Elle paie de sa personne. Une nana qui casque ainsi sans rechigner, de tout cul et cœur, t'as plus qu'à te découvrir (du bas principalement) pour lui présenter tes hommages, les gros.

La voilà échouée tel un thonier à la casse. Sur le flanc, rejetée par la mer des délices, comme l'écrit Maurice Schumann, c'est mon pote Scott Sullivan de *Newsweek* (1) qui me l'a fait lire l'autre soir à la maison parce qu'il voulait me prouver comme quoi j'ai tort de taquiner parfois le grand écrivain dans mes délirades pour poubelles de semaine. Rejetée par la mer des délices, donc, osé-je citer en tout bien tout donneur puisque je nomme mes sources, faisant penser à ces pauvres baleines qui se suicident en démerdant, les pauvres, qu'on se demande ce qui leur passe par la tête pour se jeter à la terre comme des connes, ces grandes bringues. Et qu'à quoi leur sert d'être mammifères, dis donc, puisqu'elles y crèvent, les grosses chéries. Eh bien, Sirella, la Sirène : baleinette sur la plage du drap rose. Je disais « thonier à la casse » en débutant, c'est la rapidité d'écriture qui engendre les vilaines métaphores ; tu vois, quand on s'attarde un brin, qu'on fignole, les images se font plus justes et plus précieuses. On tourne à l'élégance de style. Quand je serai mort, faudra que je me risque dans le poil de cul, la ciselure, le concoctage. Mais je t'ai pas élevé comme ça. Si je rédigeais à la plume d'oie, tu t'attendrais à tout bout de phrase que je te la file dans le train. C'est pas vrai, Bébert ?

Bon, très bien, je te retourne à Sirella. La laisse reprendre souffle et conscience, se dévolcaner le frifri. Au repos, celui-ci ressemble à une mygale avec son opercule amovible.

Mais bon, je vais lui repartir à l'assaut. Les overdoses, tu sais où ça conduit ?

(1) A propos, Scott : j'ai bien reçu le numéro de *Newsweek* dans lequel tu tartines sur moi des choses formidables, bien qu'écrites en américain. Merci.

S.-A.

Elle soupire :

— Dieu, comme je vous aime !

Ce qui fait qu'on boucle la boucle, revenant très exactement à notre point de départ.

— En ce cas, mon amour, dites-moi le secret qui vous brûle les lèvres.

— C'est comme un présent que je voudrais vous faire, soupire-t-elle, comprenez-vous ?

— Je sais tout sur le besoin de donner, assuré-je.

— Pourtant, en vous parlant, je vais commettre une trahison.

Je souris. *Achtung !* Il faut jouer serré. Pas quitter le manomètre des yeux, comme pour l'atterrissage de tout à l'heure.

— Les règles les plus élémentaires de la Chevalerie me poussent à vous dire qu'en ce cas il ne faut pas parler, mais celles de la curiosité m'incitent à vous presser, au contraire. Faites donc comme vous sentez, ma chérie. Nos actes nous précèdent, c'est nous qui les suivons.

Belle phrase, creuse comme une flûte, mais qui, tout comme la flûte, émet des sons charmeurs. Elle est sensible à sa musique.

— Alors, usons d'un subterfuge, dit-elle. Je ne vais pas vous dire la vérité, mais vous allez la deviner ; d'ailleurs vous la pressentez déjà plus ou moins.

Voilà, elle a trouvé le moyen terme, celui qui lui permettra de tout me dire sans trop tarabuster sa dignité. Trahison indirecte : c'est moi qui. Elle se contentera de dire « Vous brûlez », ou bien « Vous gelez ».

Jeu cruel ! Combien de gars l'ont payé de leur vie ?

Une tristesse sombre comme l'arrivée d'un ciel d'orage sur l'orangeraie m'atténue. J'ai l'impression d'être en manque d'une partie de moi-même. Je me fais défaut. Allez, l'artiste, secoue-toi, tu es en service commandé malgré tes baiseries à répète !

— J'ai droit à combien de questions, ma belle vorace ?

— Quatre, pas une de plus. Si en quatre questions vous n'avez pas trouvé, je ne vous dirai rien.

Elle paraît déterminée. Ça y est, je lui ai déniché le compromis qui la met à son aise. Tu veux parier que si je trouve, elle aura ensuite l'impression que la chose a été fortuite et gardera « sa conscience pour soi » ?

— Première question, j'ai vu juste en affirmant que vous avez tiré sur votre époux sur commande ?

— Oui.

Je réfléchis.

— Ce sont les services secrets britanniques qui vous ont téléguidée ?

— Oui. Vous n'avez plus droit qu'à deux questions, prenez garde.

Un jeu, te dis-je. Pareils à des enfants, a écrit Marc Bernard. Oui : pareil à un enfant, toujours, l'homme. Toute sa vie, jusqu'au rivage extrême, il joue aux billes ou à la poupée. C'en est chialant. Moi, le voir si pitoyable, avec ses hochets, présidences, bicornes, décorations, me fend le cœur un peu plus chaque jour. J'en ai l'âme qui se lézarde de ce trop-plein d'ingénuité. Pourquoi ils s'achètent pas des ballons au lieu de guigner les honneurs ? Un vélo, ça lui ferait du bien, au lieu de palabrer, déclamer ses « Mes chers amiiiis... C'est un grand tonneur pour moi... En ma qualité de... »

En sa qualité de quoi ? Réponds ! De trou de balle ? De connard ? De dégueulasse ? De putréfactieux ? De sodomisé ? De cocu ? De sous-merde ? En sa qualité d'imparfait ? En sa qualité de médiocre-à-temps-complet ? Et de lutter contre le flot inexorable, cramponné à la bouée dorée. Pas moi ! Pas moi ! Je suis chevalier de ceci, vice-président de cela ! Me faites pas ça : j'appartiens ! Vous entendez ? J'appartiens ! Holà ! Seigneur, arrête ! J'appartiens, nom de Toi ! J'appartiens ! J'appar... Flaofff ! Dans le cul-la-balayette ! Il appartenait, il appartient toujours. Appartient à ce qui n'est plus, au monde étrange de ce qui n'est plus du tout, et qui ne sera plus, au monde sournois de ce qui n'a plus d'importance que ça ait été. Au monde terrifiant de ce qui a été juste pour dire, un moment, un projet de moment bouffé par d'autres moments avant que d'avoir pu s'épanouir.

Et donc, je vais devoir poser ma troisième et avant-dernière question à dame Sirella la Baiseuse. La belle au tablier de sapeur (et sans reproche). Bien l'articuler, qu'elle soit payante, fasse progresser le schmilblick.

Je résume : elle reconnaît que les services britiches lui ont ordonné d'assassiner son mari. Distraitement, je formule la troisième question, impulsivement, sans réfléchir :

— Vous avez déjà travaillé pour ces messieurs ?

— Non. Plus qu'une. J'ai l'impression que vous avez brûlé vos cartouches un peu vite, Antoine ?

— Ça se peut.

Je re-résume : elle reconnaît que les services britannouilles lui ont ordonné d'assassiner son vieux alors qu'elle n'avait jamais travaillé pour eux.

— Je demande un temps mort avant d'y aller de ma dernière question, ma jolie *darling*, O.K. ?

— Bien sûr.

Je vide un gorgeon de champ'. On a eu raison de le laisser dans son seau de glace. Il est dûment frappé. Un vrai bonheur. Le champagne, je ne l'apprécie que dans un pays de chaleur, au soleil. Seule ombre au tableau de service de ma satisfaction : j'ai horreur de le boire dans des flûtes. Je ne suis pas du fait dont on boit les flûtes. L'idéal, c'est de l'écluser dans un verre à bière, comme s'il s'agissait d'un demi pression. Alors, là, oui, j'opine.

Quatrième question ?

Je vais à la fenêtre. Dieu, ce que cette orangeraie-citronneraie est belle ! Et l'Atlas, au loin, découpé comme un fabuleux château fort en ruine. Il fait doux comme un ventre de femme aimée. Je ferme les yeux. Sirella est-elle un monstre ? A coup sûr pas. Or, il faut être un monstre pour tuer un homme — fût-il son époux — sur commande.

Je me retourne.

— Voici ma quatrième question, Sirella : avez-vous assassiné Adam ?

Son visage s'éclaire.

— Non, répond-elle. Bravo ! Vous avez gagné !

DES CONS TRACTÉS DÉCONTRACTÉS

L'émir Kohnar occupe une table ronde à laquelle il est assis tout seul, comme un grand (de ce monde), car la puissance et la richesse exilent ceux qui les détiennent. L'un de ses domestiques privés se tient debout derrière lui, parachevant le service des loufiats de l'hôtel *Mâ-Kâch.* C'est lui qui sert le thé à son maître, transvasant le liquide pâle de la théière au petit verre garni d'une feuille de menthe, en tenant les deux récipients à plus d'un mètre de distance, ce qui occasionne un jet mousseux comme un pissat de cheval. Noble figure, décidément, que celle de ce monarque déchu. La lenteur de ses gestes est celle d'un officiant pénétré de sa mission spirituelle. Kohnar le Constipé bouffe sa tagine de poulet comme l'archevêque de « Quand-t'es-beurré » (Béru dixit) dit la messe.

Nous nous arrangeons pour avoir la table la plus proche de lui, Sirella et moi. Un bifton judicieusement glissé au maître d'hôtel nous vaut cette insigne faveur. Une brise parfumée fait bouger les rideaux de la salle, somptueuse avec ses mosaïques, ses tables incrustées de nacre, ses immenses aiguières de cuivre ciselé. Trois musicos en costumes nationaux jouent de la petite flûte, de la courgette et du potiron à cordes. Ça crée un climat virgilien, et t'as qu'à fermer les châsses pour voir trottiner un troupeau de moutons au bord de la mer.

Nous commandons deux tartes au pigeon et un couscous, manière de se refaire les calories consacrées au culte de Vénus, comme emphasent certains qui veulent pas causer de cul carrément, les hypocrites ! On a les cannes en flanelle et le cœur en fête.

— Il a de l'allure, votre émir, murmure Sirella après avoir contemplé le beau vieillard. (Elle ajoute :) Ainsi vous croyez qu'il détient la vérité ?

— Fatalement : il possède le diamant ou pas. S'il ne l'a pas, le caillou est dans le camp britannique.

— Et vous espérez que ce vieil homme va avouer le vol, si ce sont ses gens qui l'ont commis ?

— Non, d'ailleurs il l'a formellement nié, accusant délibérément vos compatriotes, milady.

— Alors, qu'espérez-vous de lui ?

Je souris :

— Qu'il est un homme, ma douceur.

— C'est-à-dire ?

— Un potentat déchu rêve de remonter sur son trône, c'est humain. Plus un individu est avancé en âge, plus il est assoiffé de pouvoir, vous n'avez qu'à considérer celui des gouvernants actuels pour vous en convaincre.

— Vous allez lui promettre sa restauration ?

— Plus ou moins.

— En échange du Régent ?

— Parfaitement.

— Mais s'il ne l'a pas ?

— Je saurai qu'il ne l'a pas.

— Et s'il l'a ?

— Je saurai qu'il l'a.

— Et dans l'affirmative, le gouvernement français serait disposé à guerroyer en sa faveur pour récupérer la pierre ? Vous estimez que quelques grammes de carbone pur valent qu'on tue des hommes ?

Je pouffe.

— Ma chère chérie, il me suffit de vous dire bonjour pour que vous disiez le reste ! Ma mission consiste seulement à savoir si ce vénérable émir possède le joyau de la couronne républicaine française ; ou non.

— Il peut vous mentir, prétendre qu'il l'a, même s'il ne l'a pas, dans la perspective de son retour au Kalbahr.

— Naturellement, mais des preuves lui seront réclamées.

Sirella ne semble pas convaincue.

— Je pense que vous vous faites des idées, Antoine d'amour. Tout cela est un peu simpliste, sans vouloir vous vexer. Regardez cet homme, il dégage une impression de sagesse et de ruse. Il a été vaincu par la force d'un putsch militaire, mais vous ne trouveriez pas dans toute l'Europe un homme aussi malin que lui. Celui qui le dupera est à naître.

Je feins d'être un peu vexé ; la bouffe exquise qu'on nous apporte fait diversion. Je ne sais pas si tu es au courant, l'artiste, mais la tortore marocaine est l'une des premières du monde. Pour ma part, et sans téléphoner à Gaumiau, je te la situe pile après la française et la chinoise.

Tandis que nous attaquons la briffe, un gonzier s'approche de l'émir et vient lui susurrer des choses par-dessus son assiette. Kohnar ne bronche pas. Ne coule même pas un œil au messager ; il continue de s'alimenter lentement. L'autre se retire. Tout cela est impressionnant. A notre époque, la superbe époustoufle. Qu'on est tous à trépigner comme des goujons dans de la grande friture, affolés de nous-mêmes, talonnés par l'heure qui tourne. On a un compteur aux noix. On mène une pauvre vie grignotée, tarifée, mutilée.

Le vieil émir termine son bouffement. On lui présente un bassin de cuivre, on verse l'eau d'un vase sur ses doigts joints. De la flotte sur laquelle flottent des pétales de roses. On lui tend un linge délicat. La messe, te dis-je ! Quand Pépère a ses mimines bien proprettes, il se lève, puis dit quelques mots à son larbin, lequel s'incline comme dans les *Mille et Une Nuits* tournées par Hollywood. L'émir s'éloigne avec un froufrou soyeux, courbant les échines du personnel, comme le vent d'ouest courbe les blés beaucerons.

Alors, écoute bien ce qui va suivre, espèce de pauvre gaufré ! Moudu ! Chapardeur d'édicules.

Le valet de l'émir s'approche de notre table et s'incline. Beau mec, et qui vaut un détour, surtout si c'est lui qui le fait. Regard de braise, œil de jais, lèvres presque mauves, peau couleur de miel blond.

Il parle anglais, mais nul n'est parfait, comme dit l'autre.

— Sa Majesté Kohnar serait très honorée si vous consentiez à monter prendre le café dans sa suite royale, monsieur, madame. Puis-je rapporter à Sa Majesté une réponse favorable ?

On se regarde, Sirella *and me.* Par acquit de chose, on se retourne, s'assurer que le beau brun ne s'adresse pas à quelques-uns d'autres, mais non : il n'y a derrière nous que le mur mosaïqué à bloc comme une pissotière de luxe.

Santonio tente l'impossible qui est de ne pas avoir l'air d'un débile profond.

— Eh bien, je, nous, c'est avec un plaisir vachement extrême que nous aurons l'honneur de faire à Sa Vénérable Majesté l'honneur de notre présence, bafouillé-je.

Le valeton se casse d'un pas glissant.

Sirella n'ose parler la bouche pleine. Le hic c'est qu'elle ne se rappelle plus comment on fait pour avaler.

— Vous comprenez quelque chose à ce micmac, ma chatte délectable ? je lui articule par-dessus un tas de couscous qui ressemble au Salève, cette très sotte montagnette en forme de pâté en croûte.

Elle avoue que pas plus que moi ; et bon, on tortore en supputant. Peut-être que l'émir nous a retapissés, mine de rien, de son œil infaillible. Va-t'en savoir si ma très belle n'a pas éveillé sa convoitise ? Des fois qu'il voudrait se la respirer, le vieux bougre ? Tu connais leur santé, à ces Arbis ? La mère Schéhérazade, c'est toujours fête au village dans sa culotte. Les enfants des douars, oh ! pardon, ils n'ont pas la rapière en nougatine ! Chez eux, le cheikh sans provision, connais pas ! De sacrées épées, crois-en un pote à eux qui les pratique ! La pointe du baron Bic, c'est que tchi en comparaison de la bique des barons Lapointe ! Allah leur a fait une drôle de fleur, moi je te le dis. Et Mahomet, son prophète, leur a fignolé une religion extra, je trouve. Le pape m'excommunierait pour cause de santoniaiseries, je me convertirais aussi sec musulman. Ne serait-ce que par hygiène. La religion la mieux équipée. Pas de porc, pas d'alcool, ramadan une fois l'an, égal zéro de cholestérol. Chez eux, l'infarctus court pas les souks. Culture physique quatre fois par jour, je crois bien. A genoux ! Extension, prosternation. Extension, prosternation ! Tu gardes la forme, les rhumatismes osent pas venir rôder dans le secteur. Ensuite, la bibite toujours briquée après usage, c'est pas fréquent dans nos contrées. T'as qu'à considérer les toilettes publiques. Tu vois des gaziers se fourbir Popaul quand ils viennent de lancequiner, toi ? Les mains, à la rigueur, s'il y a du monde, pour parader ; mais Zizette ? *Never*, mon gars ! Tu te remises l'Anatole dans la soute à bagages toute larmoyante encore. C'est pas honteux de mépriser ainsi le point le plus noble de son individu ? Bon, et puis pour te finir, mes amis maghrébins, ils prient, eux. Ça c'est la véritable hygiène, le nettoyage de l'âme. D'où leur générosité, leur dignité : ils sont nettoyés zob et conscience, comprends-tu ?

Mais pour en reviendre à l'émir, m'étonnerait pas qu'il ait balancé son dévolu à moustache sur Sirella. Lui pratiquer le coup de la gandoura en délire, calçage façon photographe de jadis : Nicéphore Niepce vous l'offre. Gaffe ! Le petit zoiseau va sortir, pas çui qui vole t'en l'air avec une plume t'au cul, l'autre, le taciturne, qui passe le plus clair de son temps à couver ses œufs. Je te fais marrer ? Ben, marre-toi, profite de ce que je suis de passage. Parce que après moi, c'est pas le déluge qui te fera bidonner.

On achève la croûte et on demande l'adresse de la suite royale à la réception. Le préposé nous annonce. Troisième étage, au fond du couloir.

Pas besoin de se gratter, le larbin de naguère nous guigne près de l'ascenseur. On le suit à pas feutrés par les tapis superposés. Une double porte de style mauresque, tu penses bien. Et puis nous voici dans un immense salon plus mauresque encore, bien joli, une vraie gaufrette en couleurs. Le bleu est bleu foncé, le rouge rose et le vert pomme dominent. On en mangerait. Ces murs, de la pure confiserie orientale. Une banquette le cerne entièrement, basse et garnie de coussins de soie brochée (reliée, c'est trop dur), des tables plus basses encore, sont disposées çà et là, tel un archipel de cuivre ouvragé.

Sa Majesté Kohnar le Constipé est assis, dans un angle de la pièce. Elle fume un Quai d'Orsay béatement.

Se dresse pour nous accueillir, main sur la poitrine, après avoir jeté son barreau de chaise à peine entamé dans un cendrier grand comme un porte-parapluies d'hôtel.

— Merci d'avoir répondu à notre invitation,

déclare le souverain d'une voix de loukoum, nous en sommes très honoré ; veuillez vous asseoir.

Impressionnés, Sirella et moi déposons nos massifs musculo-adipeux sur une pyramide de coussins.

— Nous vous avons priés pour le café, enchaîne l'émir, mais il est bien évident que nous serions heureux de vous offrir les boissons de votre choix. Préféreriez-vous du champagne ?

« Non, non, qu'on bredouille. Va pour du café, d'ailleurs il est si tellement bon, ici. L'arôme antique, positivement, m'sieur Votre Majesté ! »

L'ex-maître du Kalbahr remue deux phalanges de son index droit, presque imperceptiblement ; qu'aussitôt le valet s'éclipse (en brillant).

Je me risque :

— L'invitation de Votre Majesté nous comble, mais comme nous ne sommes que d'humbles mortels anonymes, nous aimerions savoir ce qui a pu motiver le bon vouloir mirobolant de Votre Majesté à toute épreuve.

Le prince Kohnar sourit.

— Ne souhaitiez-vous pas me rencontrer ? demande-t-il, donnant ainsi le coup de grâce à notre stupeur briochée.

— Mais, heu, Mamajesté, nous, je, elle... Qu'est-ce qui a bien pu donner à croire à Votre Extrême Majesté lubrifiante que nous, je...

— Monsieur San-Antonio, répond le magnifique vieillard sans se départir, comme beaucoup de chefs d'Etat renversés, nous sommes en butte à de grands dangers motivés par des haines tenaces. Le fait aussi que nous sachions beaucoup de choses sur beaucoup de gens fait souhaiter notre disparition par certains. C'est pourquoi nous sommes hélas contraint de prendre beaucoup de précautions. Notre vigilance ne peut se relâcher. Une seconde d'inattention rendrait notre dispositif de sécurité aussi inopérant qu'un mur d'enceinte dans lequel on aurait laissé une brèche.

Le sens de la métaphore. Ça aussi, c'est arabe. Le prince passe lentement sa main dans sa barbe.

— Cela vous amuserait de voir notre installation? En ce cas passez dans la pièce voisine.

Je suis seul à me lever. Sirella, comme toutes les gonzesses, elle s'en bat les noix de la technique de pointe ; elle, seule la pointe l'intéresse vraiment.

Je me rends donc, sur les talons du serviteur muet, dans un petit boudoir attenant. Il a été transformé en studio de radio. Des consoles, des baffles, des casques d'écoute, des voyants lumineux... Un petit bonhomme maigrichon, à moustache élimée, vêtu d'un tee-shirt blanc sur lequel figure une énorme banane, portant ses lunettes dans ses cheveux, à la Jean Dutourd, s'active au milieu de ce matériel.

Mon guide murmure :

— Il est branché sur la réception, le couloir, la salle à manger et le grand salon.

Puis il jaspine en arbi et le petit zig me présente son casque que je coiffe. Je perçois alors une converse en anglais, un vieux mec raconte son opération des testicules au Roubignoll's Hospital de Manchester. Le technicien bitougne un taquet, et c'est la voix d'un Franchouillard qui, sur fond de bouffe, raconte à sa gerce la manière somptueuse qu'il va la verger, ce soir, dans leur chambrette, tout bien, le comment il lui filera le médius dans le rectorat tout en l'emplâtrant grand veneur, sans parler de son autre main qui lui triturera la laiterie, manière de parachever les prouesses. Il cause la bouche pleine, ce qui n'altère pas la beauté du programme. La donzelle glousse, murmure des « Tais-toi, tu me rends folle », bien propices aux desseins de monsieur.

Bon, j'ai pigé. Le prince, par l'intermédiaire de son équipe, peut surveiller tout ce qui jacte au *Mâ-Kâch.*

— C'est vachement au point, complimenté-je.

Le gars à la grosse banane sourit, puis rabat ses besicles sur son nez comme la visière d'un heaume pour me mieux considérer.

— Matériel américain, dit-il, la C.I.A. n'a pas mieux. Il me suffit de braquer mes microphones processionnaires dans la direction souhaitée pour capter les sons dans un rayon de cent mètres. Grâce à un goufrazeur capitulant, je peux procéder par paliers, m'attarder sur une conversation ayant lieu à dix mètres, puis l'abandonner pour passer à une autre située à cinquante. Ces cadrans modulateurs que vous voyez ici...

Bon, Sa Majesté Kohnar n'a pas raté une broquette de notre entretien à Sirella et Bibi. Ma mémoire rebrousse chemin pour tenter de récapituler les propos que nous échangeâmes ; ce qui m'amène à comprendre qu'il convient de jouer franco avec le vénérable exilé.

— Alors, concluant ? demande l'émir.

— Confondant, rectifié-je. Eh bien, puisque Votre Sidérante Majesté sait tout, peut-être consentira-t-elle à m'accorder un entretien ?

Le prince opine.

— Pourquoi pensez-vous que nous vous avons conviés ? Comme le dit un proverbe Kalbahr : « L'œil du bidet n'est pas une conscience pour la femme qui s'ablutionne. »

— Ça, c'est vrai, ça, Votre Majesté, m'hâté-je de convenir.

Kohnar le Constipé ajoute :

— De même, notre grand poète national Lamâhr-Tinn a écrit : « La girouette et le tournevis peuvent tourner dans les deux sens, mais la main du vent est plus puissante que celle de l'homme. »

— Je l'ai eu comme sujet de dissertation au bac,

Votre Majesté, éhonté-je sans ciller, ce qui m'a valu une note de quinze.

Sirella sourit mollement. Le prince vient de lui offrir un narguilé et elle tire sur l'embout d'ébène comme naguère sur mon évanesceur à modulation de fréquence. Je sais pas ce que le vieux crabe a foutu dans sa marmite norvégienne, mais elle prend un air tout chose, ma vaillante plumardière. Dis, faudrait pas qu'elle contracte ! Une fille de son tonus, ça me ferait mal aux noisettes !

— Voyez-vous, poursuit l'émir (j'aurais pu l'appeler Obolan, mais j'en ai déjà eu un dans un précédent book), voyez-vous homme de police, lorsque nous vous entendons parler de cette affaire de diamant, nous avons envie de hausser nos vieilles épaules.

— Et l'arthrite de Votre Majesté, Majesté ?

— C'est bien pourquoi nous nous sommes abstenu, convient le proscrit. Dans cette sombre histoire, tout n'est qu'étoffe de mensonges.

— Votre Majesté veut dire tissu de mensonges ?

— Nous voulons le dire, encore que nous distinguions mal la différence que vous pouvez faire entre un tissu et une étoffe. Passons. Cette soi-disant tractation avec votre honorable pays dont le Régent serait l'enjeu est proprement stupide. Jamais nous n'avons envisagé un échange pétrole diamant, la France et nous. Certes, votre gouvernement de l'époque nous a sollicités pour conclure un marché, mais les pourparlers ont tourné court à l'instigation de l'Angleterre. Nous étions contraints de céder aux pressions du Foreign Office. J'ajoute que notre police n'a jamais abattu votre agent ; elle ignorait sa présence sur notre territoire. L'enquête que j'ai ordonnée alors nous inclinait à penser que l'homme fut tué par des gens à la solde des Britanniques. Cela dit, nous n'oserions le jurer par Allah. Il n'en reste pas moins que le vice-consul fut rappelé par Londres aussitôt après l'incident.

Un assez long moment s'écoule.

— Mais le sentiment profond de Votre Formidable Majesté impétrante est bien que l'Angleterre a trempé dans ce louche attentat ?

— Sinon l'Angleterre, du moins son représentant, le vice-consul, répond le monarque rentier ; vous savez, notre très vénérable père, Soukon le Fortuit assurait, dans sa grande sagesse : « Le lait de la gazelle vierge ne fait pas le beurre du crémier. »

— Je méditerai ces nobles paroles jusqu'à mon lit de mort, Votre Majesté haltérophile.

Le barbichu coule ses mains blanches dans ses manches, façon moine en balade dans le jardin du cloître. Il clôt les yeux. Ses paupières bistres font songer à celles d'un oiseau de proie somnolent.

Il se tourne vers son domestique et lui déclare très exactement ceci, que je te reproduis *in extenso* tel que j'ai pu le recueillir, sans y changer une virgule :

-;-):µ,!(_♠&=./°⁚̈;:.?§»(;?

— Tout de suite, Votre Majesté, répond l'interpellé après s'être agenouillé et avoir frappé le sol du front à trois reprises et demie.

Et l'apôtre de se ruer sur le téléphone en disant au room service comme quoi mais qu'est-ce qui se passe ? l'heure du sang de pigeon de Sa Rupinos Majesté est passée et Sa Foudroyante Majesté à ressort l'attend toujours, nom d'Allah !

A quoi, le préposé hébété répond comme ça que comprendre, il peut pas, vu que son collègue est parti depuis déjà cinq minutes en chiffres arabes avec le bol de sang de pigeon et qu'est-ce y peut bien branler, cet enfoiré, dites ?

Et à ce moment, pile, on toctoque à la lourde.

— Ah ! le voici, dit le domestique privé de Son Extatique Majesté rutilante.

Il raccroche, fonce ouvrir.

Un larbin est laguche, impec, tenant un plateau

avec sur le plateau un bol. Le sang de pigeon, tu sais ses vertus ? Comme aphrodisiaque, tu trouves pas mieux. M'est avis que l'émir adore (pas confondre avec les miradors) figfiguer malgré son âge avancé pour son âge. Lui, dételer ? Jamais ! Il a affublé son zobinche d'un maillot en thermolactyl, si bien que sa noble membrane n'a pas froid aux yeux.

Mais je t'en reviens au domestique qui se pointe. Et c'est palpitant, ne te mouche pas à cet instant, renifle, sinon tu risquerais de rater le plus beau.

L'arrivant avec son plateau et son bol, tu sais quoi ? Il a un geste brusque. Le bol était soudé au plateau comme les bouteilles coltinées par des clowns. Et il ne contenait pas du sang de pigeon mais de l'acide nitrique. Et ledit asperge les châsses du valet qui pousse un cri pis que celui de Mme Dalida, le jour que Samson l'a pratiquée. Parce que je ne sais pas si tu as déjà dégusté une bolée d'acide dans les carreaux, moi non plus, mais je peux t'avertir que ça fait jouir.

Le reste filoche à sombre allure. Un deuxième individu, fringué en loufiat lui aussi, bondit dans l'appartement, armé d'un pistolet mitrailleur de marque tchèque ou polonaise (comme tous les flingues dans les affaires terroristes, j'ai remarqué). Il se cambre pour viser, tenant sa sulfateuse à deux mains, et sa frite est celle d'un kamikaze (sur l'air « d'encore un ami de casé, v'là le vitrier qui passe »). Regard démentiel, rictus, teint livide. Il prend bien son temps pour envoyer la soupe sur Kohnar le Constipé. Trop. Moi, le bel Antonio, toujours vif, force et santé, prestige et élégance, promptitude et efficacité, moi, redis-je, de choper le narguilé à Sirella par le col et vloum ! Mon adresse n'a d'égale que celle de ton concierge, rue des Filles-du-Calvaire. Le récipient frappe le tireur en plein front. Cézarin est déséquilibré. Il part en arrière, mais en pressant la détente de son vaporisateur. Une volée de frelons se répand dans la pièce. N'écoutant que mon initiative, je chope le récipient contenant les braises destinées à faire mijoter le contenu du narguilé au bain-marie et je fonce au tireur pour lui emplâtrer la chaufferette sur le museau. Le deuxième gus, l'homme au vitriol, extirpe un poignard à lame courbe de ses hardes. D'une savate aux burnes, je l'incite à changer d'avis. Un deuxième coup de saton sous le menton rend sa mâchoire inutilisable pour plusieurs jours, la manière que j'ai entendu craquer, ça, tu peux y compter. La situasse est à ma pomme. Ne me reste plus qu'à compléter ma besogne par une seconde rafale d'horions judicieusement répartis.

Puis à ramasser les armes.

Le larbin continue de se rouler au sol en glapissant, sa cécité fait loi.

Alors je m'intéresse à mes compagnons. Et que découvré-je ? Kohnar le Constipé est agenouillé et prie avec une indicible ferveur. Quant à ma Sirella jolie, merde ! Elle a ramassé des bastos dans le ventre et halète en crispant ses mains expertes sur la flaque de sang étalée au milieu de sa robe.

Des larbins parqués dans d'autres chambres, le préposé aux écoutes, des valets d'étage s'annoncent à qui mieux mieux.

Brièvement, je lance des ordres :

— Prévenez la police. Appelez le meilleur hôpital et dites qu'on envoie de toute urgence une ambulance.

Tout cela, en braquant les deux agresseurs.

Comme personne ne bronche, paralysés qu'ils sont tous par la stupeur, je tonne :

— Mais maniez-vous le cul, bordel !

Puis, m'adressant au préposé du radar :

— Au lieu de faire joujou avec tes micros à la con, tu ferais mieux de te servir d'un simple téléphone, il y a deux blessés graves ici, et ça urge.

Le mecton à la moustache loupée bredouille :

— Sa Majesté n'a rien ! Allah est grand !

En effet, elle n'a rien, pas même des gars valables pour la garder ! Et bon, l'effervescence se crée. Ça se répand en piaillant. Un gars appelle enfin la police, le petit guette-au-trou va dans son antre afin de prévenir l'hôpital, promet-il.

M. Bonot, le directeur de l'hôtel *Mâ-Kâch*, survient. Eperdu de confusion, de contrition, de construction. Il se traîne aux pieds de l'émir acculé, lui demande pardon que ça se soit passé dans son établissement, ce bigntz. Il recommencera plus.

Kohnar l'écarte d'une main dédaigneuse. Puis vient à moi. Il biche ma main libre et la porte à ses lèvres.

— Tu m'as sauvé la vie, homme de police, fait-il de sa belle voix feutrée, me tutoyant pour me marquer sa reconnaissance. Qu'Allah te protège, toi et les tiens jusqu'à la quatorzième génération ; mon existence t'appartient désormais et tu pourras me demander ce que tu voudras.

— Pour l'instant, je voudrais une ambulance et le meilleur chirurgien de Marrakech, lui dis-je.

Car elle n'a pas l'air d'aller fort, Sirella. Son teint plombé comme un fourgon en douane ne me dit rien qui vaille. Elle a le nez tout minuscule, soudain, et ses lèvres se retroussent de manière impressionnante.

— Elle va mourir, me déclare placidement l'émir, pour qui la mort des autres a moins d'importance qu'un vent de lapin venu du large.

Il me tapote l'épaule.

— Ne te désole pas, homme de courage, si elle meurt, je t'en achèterai une autre.

Ayant promis, il me prend le pistolet mitrailleur des mains et, avec beaucoup de calme, fait sauter les deux cervelles des terroristes terrassés, car c'est un prince intraitable, qui n'admet pas qu'on vienne lui faire le coup du Petit-Clamart (en arabe « Kalamar »).

UN AGENT ARRIVE EN NAGEANT

Elle ne meurt pas pour le moment.

Le professeur Sa Fémâhl, qui l'a opérée, m'explique que Sirella a peu de chance de s'en tirer, compte tenu des perforations qui lui ont transformé l'abdomen en harmonica, surtout qu'une balle a touché le foie ; et le foie, même si tu écluses Vichy Saint-Yorre, faut pas trop y percer de trous sinon il dit merde au métabolisme de tes glucides, de tes lipides et de tes protides. Qu'à ce moment-là, pardonne ce cours médical sur le pouce, il cesse de se faire de la bile pour toi et dès lors c'est toi qui as du mouron à te faire, comprends-tu ?

Je quitte ma bien-aimée pour la laisser en réanimation, avec des drains, des tuyaux, des appareils à survivre bon gré, mal gré. Je ressens une peine mystérieuse : ma reconnaissance du bas-ventre qui s'exprime. Je sais bien que la carambole, quand elle n'est pas l'aboutissement de l'amour-passion ne te mobilise pas davantage le palpitant qu'un pique-nique avec un cadre en retraite embarqué sur ton paquebot de croisière. Sirella, question performances, c'était la toute belle affaire à enlever de haute lutte ; mais elle glissait trop dans les manigances pour qu'un homme aussi averti que moi cède complètement à ses charmes. Il n'empêche que je lui dois des instants vachement passionnants, car elle s'exprimait avec son cul mieux qu'Armstrong avec sa trompette.

Aussi, est-ce un homme désorienté qui sort de la clinique Chouïa-Barka, la plus huppée de Marrakech. Je flânoche, indécis. Cette histoire débloque. Un charmeur de serpents fait se trémousser un cobra, à l'ombre d'un arbre que je te garantis séculaire avec l'estampille d'exportation.

Un couple de nœuds volants délabrés admire le topo. La dame, une vieille bique mitée, use gauchement d'un Instamatic, manière de flasher pour épastouiller Mme Gradelamoule, leur concierge. Son frometon : sandales de cuir, chemise à manches courtes, casquette blanche, regarde se dresser l'ophidien d'un air rêveur, comme quoi il aimerait bien que le charmeur joue un petit air à sa braguette, histoire d'en faire sortir son mignon reptile d'alcôve qui n'a pas levé les yeux au ciel depuis lulure, le pauvre chérubin.

Un gentil petit môme tout doré s'approche de lui pour solliciter un menu don en espèces. Le grelu l'envoie chez Dache, le perruquier des zouaves ; tout juste s'il ne lui flanquerait pas un coup de latte. Heureusement, la petite sœur du rebuffé secoue le larfouillet au kroum, en deux temps un mouvement, d'une menotte obstétricale.

Tout est bien qui se termine bien : les deux mômes s'éloignent, emportant en même temps que l'artiche marocain du vieux birbe, la photo de son fils aîné en tenu de para, sa carte d'identité préfectorale attestant qu'il est bel et bien un vieux con, un article sur le « lancer léger » découpé dans *le Chasseur Français* et son permis de conduire des véhicules à essence.

La dame, attendrie, a photographié la petite fille au côté de son mironton pendant qu'elle l'accouchait sans douleur. Et puis elle vient suggérer à son fossile de carmer une piécette au montreur de serpents ; le grigou refuse d'un bougonnement, mais ça ne change rien pour le montreur, puisqu'il n'a plus un dirham en fouille; ce qui prouve que l'égoïsme est payant, parfois, car voilà un homme dont la sécheresse de cœur va retarder de quelques minutes la crise cardiaque.

Je me fends d'une obole.

Et alors bon, que fais-je? Retour à Paname? N'ayant plus rien à espérer, ni de l'émir ni de Sirella, ma présence dans cette sublime contrée est désormais sans objet.

Mais quelque chose me conseille de n'en rien faire. D'autant plus que... Ecoute, pour tout te dire, tu vois, ce mec basané, là-bas, près du marchand de bimbeloterie? Oui, celui qui a un pantalon bleu et une chemise blanche. Eh bien, j'ai le sentiment qu'il s'intéresse à moi. Il se trouvait devant l'hosto quand j'en suis sorti, et maintenant il est laguche, à se branler les couennes avec cet air faussement innocent de ceux qui ont tellement envie de passer inaperçus qu'on ne regarde qu'eux.

Je gagne le centre de Marrakech et m'enquille dans le bureau de poste. Une petite plongée dans l'annuaire du téléphone, qu'aussitôt ensuite je m'installe dans une cabine pour appeler l'ambassade britannique de Rabat. Je réclame l'ambassadeur soi-même. Très évidemment on me le refuse, et j'ai droit à une secrétaire qui s'appelle miss Lenson.

— Parlez-vous allemand? je lui demande en allemand.

Elle me répond qu'un tout petit peu.

— Prévenez Son Excellence qu'un attentat a eu lieu à Marrakech contre l'ex-émir du Kalbahr; le prince n'a pas été touché, par contre une jeune Britannique qui se trouvait en sa compagnie a été abattue et on désespère de la sauver. Précisez qu'il s'agit de Mrs. Sirella Delameer. Ajoutez encore qu'elle est officiellement veuve, mais qu'on sait parfaitement que son époux est vivant. Avez-vous bien tout compris ? Si oui, résumez ce que je viens de vous dire.

Miss Lenson résume parfaitement d'une voix tranquille.

— Qui êtes-vous ? demande-t-elle pourtant.

— Un touriste allemand, je réponds.

Et je raccroche.

Pourquoi ce coup de turlu ?

Moi, tu me connais ? Agir d'abord, réfléchir ensuite. Toujours faire confiance à ses impulsions. Un écrivain, il écrit spontanément, ensuite il se trouve des chiées de bricoleurs pour expliquer ce qu'il a voulu dire. Dans l'existence, il y a ceux qui créent et ceux qui dépècent. Il n'est pas envisageable d'autopsier l'enfant qu'on met au monde.

Et alors, en gambergeant à mon acte, je regagne l'hôtel *Mâ-Kâch.* Toujours débusquer le gibier pour pouvoir le tirer.

Qu'elle n'est pas ma gaufrance, en arrivant au palace, d'apercevoir Achille dans le hall, beau comme une bite fraîche dans un complet à carreaux blancs et bleus, chemise à col ouvert, targettes à grille immaculées.

Il me guignait car, m'avisant, il se précipite sur moi, comme Robinson Crusoé sur une pute de Soho en débarquant en Angleterre après son séjour prolongé au Club Méditerranée.

— Ah ! vous voilà. J'ai mille choses à vous dire.

Je fous mon meilleur doigt devant mes plus belles lèvres pour lui intimer le silence. Le chope par le bras et l'entraîne à l'extérieur.

Il me suit, surpris mais silencieux.

— Allons déjeuner dans un restaurant où l'on trouve les meilleures spécialités marocaines, dis-je.

— Je ne suis pas seul ici, ergote le Dabe, j'ai amené Mlle Suzette Lasemainede, ma nouvelle collaboratrice, une personne que je dois adapter à mes habitudes.

Je me penche à l'oreille de Dabe :

— En ce cas, allez la chercher, mais ne dites rien d'essentiel dans l'enceinte de cet hôtel, vous risqueriez d'être enregistré.

— Je ne sais pas si Suzette est prête, elle défait sa valise...

— Alors, qu'elle vienne nous rejoindre au restaurant *El Semoul,* n'importe quel taxi en connaît l'adresse.

Le Dabe s'éclipse un instant. Pendant qu'il est absent, je cherche mon suiveur supposé et l'avise en effet en bordure du parking. Je lui adresse un signe joyeux de la main. Il doute que ce soit à son intention et semble tout étonné. Alors je pique sur lui d'un pas tranquille.

— Te casse pas la nénette, fiston, lui dis-je, je vais aller bouffer au restaurant *El Semoul,* vas-y le premier, tu me retiendras une table près de la fenêtre.

Il paraît aussi emmerdé qu'un qui a bu trop de vin nouveau et qui a cru pouvoir faire un pet en douce.

— Tu voyages pour quelle maison, déjà ? lui questionné-je, toujours souriant.

— Mais je te connais pas, bafouille l'excellent garçon.

— Tiens, au fait, moi non plus,dis-je en portant la main à sa poche revolver.

Au moment où je chope son larfouillet, il a une réaction pour m'en empêcher, seulement moi, mine d'à peine, je lui flanque une remontée du genou dans les couilles, juste comme ça, tchlaoff ! pour dire. Pas méchant, le genre avertissement sans frais. Il exhale une exclamation. Je pique son porte-brèmes, en cuir rouge, un peu fatigué, avec des motifs d'or effacés. Il veut me l'arracher des pattounes, mais le portefeuille est déjà dans mon dos et mon occiput déjà dans ses dents « retchlaoff ! », style « sois sage avant que je te fasse les gros yeux pour de bon ».

Il porte sa main en conque devant sa bouche fissurée, comme un qu'a des spasmes dégueulatoires.

Je matouze le contenu de son joli « must » des souks. Le quidam se nomme Kirâz Gratys, sujet syrien, né à Damas, âgé de trente-quatre balais, profession : importateur d'huile de koude.

— Tu fais partie de l'équipe qui a voulu dessouder l'émir Kohnar, je suppose ?

— Je ne sais pas ce que vous voulez dire, chuinte le gars avec ses lèvres gercées par mon cuir chevelu.

Sans un mot, je lui rends son bien puis, me baissant presto, je laisse dégouliner mes deux pognes le long de ses jambes. Au mollet droit, il y a un renflement caractéristique. Soulevant le bas de son futal, je mets à jour un pistolet à silencieux long de vingt-cinq centimètres. L'empoche.

Puis, confidentiel :

— Ecoute, brin d'homme, je vais être magnanime et te laisser filocher, mais que ça soit un adieu définitif, sinon je te décharge le contenu de ta seringue dans l'armoire à couscous. Tu ne trouves pas que ma gentillesse dépasse les bornes ? Autre chose : précise à tes potes que je n'ai pas partie liée avec l'émir, je me trouvais avec lui uniquement pour lui demander un renseignement à propos d'une vieille affaire. D'ac ? Allez, *ciao !*

Nous nous séparons sans ajouter des mots superflus à une scène dont la concision est un chef-d'œuvre d'éloquence.

*
* *

Mlle Suzette Lasemainede est une personne qui ressemble à une secrétaire comme le prince Charles ressemble à un déménageur de pianos. Elle est belle, froide, hautaine, avec un regard qui survole sans s'arrêter, et élégante au point que son traitement ne suffit pas à payer ses godasses.

Le Vieux réapparaît, la tenant à l'épaule, avec cette fierté indicible des vieux crabes sortant une jeune femme bien roulée.

Présentations. La fille s'abstient de me tendre la main, ce qui m'évite de la lui serrer. On grimpe dans un landau traîné par un bourrin enrubanné, fouette cocher ! *Nach* restaurant *El Semoul.*

En cours de route, nous parlons peu. La donzelle regarde défiler la ville, le Vieux regarde défiler les loloches de la demoiselle devant la ville, et moi je regarde les choses en face, ce qui me fait un peu loucher.

Le restau est en étage, bien mauresque à souhait. Personnel nippé folklo. Ça sent bon et je me refais un moral.

— Vous êtes venu pour moi ? demandé-je à Achille.

— En effet, mon cher. En haut lieu on a décidé de frapper un grand coup.

— C'est-à-dire ?

— Je prends les choses en main.

— C'est-à-dire ?

— J'assume l'enquête totalement.

Je suis habitué aux foucades de l'Emplâtré, aussi ne me départs-je point de ma sérénité.

— Je suis donc démis de cette mission ?

— Du tout, vous êtes sous mes ordres, voilà tout, comme au bon vieux temps. Voyez-vous, San-Antonio, chez nous autres communistes, ce qui fait notre efficacité c'est notre promptitude à trancher dans le vif.

— Et qu'allez-vous trancher, en l'occurrence, patron ?

— La question.

Pour sibylline qu'elle soit, la réponse n'en est pas moins péremptoire. J'opine tout en reniflant le délicat parfum de la jolie Suzette. Cette vanneuse use d'un machin fabule, qui te suractive les trous de nez. Au prix de la bonbonne, tu peux t'acheter de la mayonnaise en tube jusqu'à la fin de ton foie, espère !

Je risque une œillade appuyée sur sa frimousse, mais sa morgue est si catégorique que tu obtiendrais davantage de réactions d'une statue de marbre, voire d'albâtre. Elle est de ces connes qui se croient obligées de faire la gueule pour assurer leur standing.

Achille lui caresse le genou, en propriétaire triomphant. Je ne sais pas si la donzelle l'emmène promener dans le jardin des délices, toujours est-il qu'il tient à affirmer son territoire, le Vioque.

Nous passons commande et je m'apprête à entamer avec le Barbon une discussion professionnelle enrichissante pour lui quand une grande ombre se projette sur notre table.

— Je croye atterrir à pic ! fait une voix familière.

Celle de Bérurier.

M. le directeur est planté devant notre table, beau à chier dans un complet blanc, sobrement maculé d'une seule traînée de vin rouge, mais qui va du revers de la veste à celui du pantalon.

La température extérieure a forcé son teint d'aubergine mûre ; il a le front ruisselant de sueur et s'éponge avec une pattemouille. Son œil étincelle de courroux.

— Commissaire Santonio, s'lon d'après c'que j'voye, vous m'feriez un enfant dans l'dossard ? murmure-t-il.

Il hésite, puis dégage la quatrième chaise de la tablée, celle qui fait face à Suzette, ôte son veston, l'installe sur le dossier, roule ses manches et se dépose sur le siège.

Le Vieux a blêmi. Ses yeux couleur de banquise immergée ressemblent à deux trous dans le toit d'une maison grecque.

— Décidément, ricané-je, vous devenez inséparables.

— Vous seriez bon de ne pas user du pluriel, fulmine le Dabe, je n'ai rien à voir avec cette poubelle.

Béru s'empare du verre de sa vise-à-vise, que le serveur vient de remplir (il a rempli le verre, non la dame) et l'écluse cul sec.

Suzette est un peu asphyxiée par ces manières plus que désinvoltes. Du coup, son masque impénétrable se dépénètre ; un intérêt point dans sa prunelle, un rictus annonciateur de rire retrousse déjà ses lèvres.

— Ecoutez, Achille, soupire Bérurier, j'vais vous dire c'que j'ai à vous causer comme je vous parle, en espérant qu'vous voudrerez bien l'comprend'. Toujours s'tirer la bourre, comme quoi ceci, cela, j'en ai quine. Qu'vous voulassiez jouer au soldat d'plomb-en-chef dans vos nouvelles fonctions torche-cul, c'est vot'problo. Nani nanère, les mondainités, j'm' les fourre dans l'recteur. Santonio travaille sous mes ord' esclusives, point c'est tout ! Si vous croilleriez avoir des trucs à lu communiquer, vous devez passer par ma canalisation ; j'vous mets à la déficiance d'me trouver un tesque qui prétend l'contraire.

Comme on apporte un plat de merguez avant-coureuses, il l'empare des mains du loufiat et en bascule la moitié dans l'assiette de Suzette, puis attire ladite (l'assiette, pas Suzette) à lui et se met à claper.

— Venez, mon cœur ! décrète soudain le Daron en se dressant ; nous n'avons rien à faire ici, je vais en référer à qui de droit.

— C'est ça, référez-en, et faites une bise de ma part à vot' qui d'droit d'mes deux ! lance le Mastodonte.

Suzette a un élan vers mon ci-devant dirlo.

— Oh ! non, je vous en prie, il est trop drôle, ne partez pas ! supplique-t-elle.

Mais le Vioque est un fleuve en crue. Ivre de rage, il s'enfuit littéralement, renversant des chaises au passage, sans même s'occuper de sa « secrétaire » pourtant très particulière.

La môme a eu quelque velléité pour lui filer le train, puis, se ravisant, elle reste en place.

Béru lui cligne de l'œil.

— T'as raison, ma gosse, lui dit-il, toi, au moins, tu sais choisir ton clan. Av'c nous, t'auras pas des ronds de jambe, mais des ronds d'bite et d'la bouffe à n'plus savoir où t'la fourrer non plus. C'est quoi, ton blaze, mauviette ?

— Suzette ! dit la môme avec un éclat de rire.

— Eh ben, ma Suzette, maint'nant qu't'as largué ta crêpe, on va pouvoir s'expliquer. Pour commencer, cesse d'faire ta bouche en cul-de-poule, qu'autrement sinon, jamais tu pourras m'déguster l'extra-terrestre, vu qu'j'sus du module Napolo III, j'ai vu des prostiputes professionnelles s'étouffer à l'oral av'c mon mandrin ; mais avant d'songer à la bague qu'on attelle, faut qu' j'aye une converse, moi et Santonio : l'boulot avant tout, ma gosse ; la rapière en folie, on a toute la noye pour.

Il redevient grave car on apporte un somptueux couscous.

— Qu'est-ce qui vous a amené ici, monsieur le directeur ? demandé-je pendant qu'il se sert en priorité directoriale.

— La nouvelle d'c't'attentat cont'l'fakir, mon brave cher.

— Vous voulez dire contre l'émir ?

— Fakir, émir, c'est bonnet d'coton, bonnet d'laine ; la preuve c'est qu'ça rime, démontre le docte personnage.

« Servez-vous, Susu, ayez pas crainte, si y en aura pas assez on en r'demandera, fait-il galamment. Arrosesez-y pas d'trop, ça noye.

« J'disais donc qu'ayant appris c't'attentat, j'm'ai

dit : « L'Antonio, si ça s'trouve, est en pleine béchamel, faut qu'j'voye sur place ce à quoi il s'agit. »

Brave homme, va ! Toujours tendre sous ses oripeaux de chef intempestif.

Je lui retrace l'histoire, en détail, comme un bon subordonné doit le faire vis-à-vis de son supérieur. Il m'écoute en cramoisant car il bouffe trop chaud et trop pimenté, mais c'est dans sa nature et l'on y peut quoi ?

— Par ailleurs, dis-je, j'ai une sacrée nouvelle à propos de la pauvre petite Mme Delameer. Le meurtre de son mari était bidon. L'I.S. a profité de ma caution pour accréditer la mort de son agent car ces bons messieurs avaient probablement besoin d'un homme zéro.

— C'est-à-dire quoi-ce ? demande le Gravos.

— Voyons, monsieur le directeur, vous n'occupez pas vos hautes fonctions sans savoir ce qu'est un homme zéro ?

— Sûrement pas, rectifie le Sublime avec aplomb, mais mam'zelle Susu, ici présente, doit pas savoir ce dont, et j'vous prille d'y espliquer ; la politesse éguesige.

Ne me reste qu'à obéir.

— Depuis quelques années, dans l'univers très particulier des services secrets, on a inventé les hommes zéro, c'est-à-dire des individus n'ayant plus d'identité véritable. Pour ce faire, on répute mort un type ; son décès est homologué en bonne et due forme, et à compter de cette radiation des registres d'état civil, il est apte à subir un entraînement psychologique qui permettra de lui créer une personnalité entièrement neuve et donc de le faire « devenir quelqu'un d'autre ».

Mam'zelle Susu, comme l'appelle Béru, me découvre enfin, intéressée qu'elle est par mon explication.

Elle objecte :

— Mais, d'après ce que je crois comprendre, cet homme est marié ?

— Il faut croire que cette union n'était pas très solide puisque l'épouse a consenti à cette séparation définitive.

Bérurier engloutit une pelletée de semoule, vide la bouteille, rote merguez et, après avoir dissipé le lourd nuage de la main, objecte :

— Commissaire, comment t'est-ce vous suçâtes la chose, j' vous prille ?

— Confidences sur l'oreiller, réponds-je.

Sa Majesté béotienne hoche sa superbe tronche qui n'a pas besoin d'appartenir à Danton pour mériter d'être montrée au peuple souverain.

— Et vous pensez qu'une gonzesse qu'a les nerfs d'encaisser c'veuvage bidon va s'affaler au premier bourdille qui la lime prop'ment ? Ça vous paraît explausible, vous ? Si moui, c'est qu' vot' jugeote donne d'la bande, mon cher. Si y suffirerait d' verger impec (Loyal, il se tourne vers Suzette pour déclarer :) — car Santonio pointe de première, escusez-moi — pour obt'nir des s'crets confidencieurs ; si y suffirerait de champignonner un berlingot à mort quand t'est-ce on veut connaître l'dessous des brèmes à l'Intelligence Servitude, alors là, on joue « L'Maît' d'Forges-les-Eaux ».

Agacé par sa suffisance, je tonne :

— Et pourquoi diantre, Sirella Delameer m'aurait-elle révélé la chose ? Ça déboucherait sur quoi, cette comédie ?

Ainsi pris à partie, le directeur se cure les chailles à l'aide de sa fourchette dont il a tordu la pointe extérieure.

Suzette Lasemainede est littéralement subjuguée par le personnage. Exilée dans son seizième, elle ignorait que de tels bonshommes existassent. C'est sa première plongée dans le Jérôme Bosch, Ninette. Van

Aeken, elle connaissait pas. Chez ses vieux, c'est Fragonard sur tous les murs ; Watteau (Antoine) et son *Embarquement pour Cythère.* La fréquentation de *l'Indifférent* l'a rendue chochottine et distante, Tampax grand luxe. Question de climat. Qu'à la fin, tu ne souris qu'à l'imparfait du subjonctif, fatal. Maintenant, l'énormité la fascine. C'est si beau l'outrance lorsqu'elle est totale, sans retenue, franche et massive. C'est même grandiose. Fabuleux comme un chêne. Mets en parallèle un chêne et un poil de cul, et dis-moi ce qui impressionne le plus. Hein, dis-le carrément ?

Ayant trouvé ce qu'il cherche, coincé entre une prémolaire et une molaire, Bérurier l'envoie promener d'une chiquenaude dans l'assiette d'une touriste allemande voisinement attablée.

— Sur quoi qu'é déboucherait, c'te comédie ? reprend-il. Mais vous v'nez d'y dire, gros malin, é débouche su'd'la comédie, just'ment. On vous chambre, mon vieux, ces Anglais vous mènent en barlu, ce dont ils sont fortiches av'c leur Royale Nœud-vit. Jusque z'à présent, vous avez appris quoi-ce au sujet d'ce qui nous occupe ? V'l'vous qu'j'vous dise ? V's'avez appris mon cul, cher ami. Mon cul tel qu' je vous vois, m'sieur l'commissaire. C'diamant, y s's'rait désincarné qu' ce n'serait pas plus pire. Côté Delameer : zéro. Côté de l'Arbi : re-zéro pointé ; si j'additionnerais : zéro plus zéro égale zob, me fessé-je bien comprend' ?

— Permettez, monsieur le directeur. Tout porte à croire que le caillou est dans le camp britannique.

— Parce que l'vieux kalif vous l'a dit ?

— Il a même dit plus fort, l'émir, il a sous-entendu que l'affaire du Régent était une invention de nos gouvernants de l'époque.

Le Big, très très big boss, renfrogne.

— Il prétend ça pour cacher la merde au chat, commissaire ; laissez-vous pas piéger par c'te baderne.

C'qu'il cloporte est un sultan pour not'pays ; s'il vous l'répéterait, hésitez pas à lu claquer la gueule, fakir ou pas fakir ; j'tolère pas plus qu'un mec jouasse av'c not' honneur nationable qu'av'c mes couilles.

« Et maintenant, à nous deux, p'tite fille, conclut-il en se tournant vers notre divine compagne. »

— Pas si vite, boss, interviens-je. Vous ne m'avez pas encore dit comment il se fait que vous soyez arrivé tout droit dans ce restaurant ?

— Quand v'vlez passer inaperçu, mettez-vous pas à vanner dans un carrosse découvert, qu'tout Makarrech peut vous voir, ricane l'Admirable.

Il avance sa belle main aux ongles noirs vers celle de Suzette.

— V'sentez pas l'combien le piment et l'climat portent à la rêverie, ma poulette ? Si j'ai un conseil à nous donner, c's'rait de faire un bout d'sieste, après l'dessert. J'ai une piaule qu'est fraîche comme le cul d'un champion de bob, ça vous tente ?

SATAN BOUCHE UN COING
ÇA T'EN BOUCHE UN COIN?

Béru ayant emporté sa nouvelle conquête jusqu'en son antre afin de la faire bénéficier des premiers outrages, je me retrouve Gros Jean comme derrière dans les rues peuplées de cette merveilleuse cité blanche et or qu'Allah me paraît avoir particulièrement fignolée et qu'affectionne, crois-je savoir, Sa Majesté Hassan II, monarque moderne et averti.

Une ombre se projette au tableau. Je me tourne vers elle et découvre mon suiveur du matin, le Syrien Kirâz Gratys, devenu, depuis ce plantureux déjeuner, mon suiveur de l'après-midi.

Je me campe sur mes jambes, façon commandant du *Bounty* contrôlant la mutinerie du bord.

— Je croyais t'avoir dit quelque chose, l'ami ! tonné-je pis qu'à Brest, ville spécialement marquée par cette manifestation d'électricité céleste.

Le gars penaude comme un enfant grondé. S'il encourt ma colère, c'est poussé par une motivation très forte.

Il courbe la tête, comme un Sicambre pas fier, lui cependant arabe ! Mais un Arabe bouffe des clovisses, après tout, non ? Et il peut avoir un cousin issu de germain.

— Je te demande pardon, fait-il avec une touchante humilité peu indiquée en ces lieux enfin libérés du colonialisme ; est-ce que tu voudrais bien me rendre mon pistolet ?

Je méduse.

— Alors toi, t'es pas gonflé au gaz de Lacq ! Pourquoi te rendrais-je ton pistolet ?

— Il m'a coûté très cher, tu comprends ? Il est vachement technique. Je l'ai payé cinq cents dollars, en dollars ! Si je l'ai plus, je peux plus travailler...

Sa détresse n'est pas feinte. Ce garçon me paraît avoir un pied dans le désespoir et l'autre sur une merde de chien.

— Tu n'appartiens donc pas à une bande organisée ?

— Non, patron : je suis détective privé.

Je marque une surprise belle comme un concerto de Haendel.

— Attends, bouge pas, tu prétendrais ne pas être en cheville avec les gars qui ont voulu abattre l'émir Kohnar ?

— Oh ! Non ! Non ! glapit le gusman, terrifié par mon accusation. Je ne les ai jamais vus !

Et je crois à sa sincérité. Sa terreur répulsive, son refus blennorragique, son égosillement déprédateur ont des accents blanc-bleu. Sa surprise change de forme. Maintenant, il est stupéfait que j'aie pu le croire mêlé à l'assaut de ce commando et que je ne l'aie pas balancé aux flics. Faut dire qu'il y a de quoi poser un cas de conscience. En fait, si j'ai comporté ainsi, c'est parce que l'attentat restait marginal par rapport à mes préoccupations et que je ne tenais pas à m'accrocher des casseroles aux miches.

— Bon, tu es détective privé ; en ce cas quelqu'un t'a engagé pour me filer ?

— Oui.

— Tu me dis qui et je te rends ton pétard, correct ?

Il amorce une grimace à cent francs la paire.

— Je peux pas te le dire, je sais pas qui c'est.

— Tu ne connais pas tes clients ?

— Toujours, mais pas cette fois. Elle a pas dit son nom.

— Donc, c'était une dame ?

— Oui, très jolie jolie.

— Française ?

— Peut-être pas, elle parlait comme ça... (Il imite l'accent anglais.) Mais toi, tu la connais, déclare-t-il. Elle sortait avec toi.

Je réagis sec.

Sirella ! Attends que j'essaie de piger... Il est vrai qu'à notre arrivée à Marrakech elle a prétendu se rendre chez le coiffeur de l'hôtel. Je lui décris ma malheureuse camarade de baise et il acquiesce.

— Oui, oui, c'est elle.

— Elle est allée te voir ?

— Non, elle m'a demandé de venir au *Mâ-Kâch*. Elle m'a filé des sous en me disant qu'il fallait te suivre, jamais te lâcher, être prêt à te protéger et qu'elle m'en donnerait encore beaucoup quand tu partirais s'il t'était rien arrivé. Elle a ajouté qu'elle serait souvent avec toi, il fallait pas que ça m'étonne. Mais bien ouvrir l'œil, et d'être armé, toujours l'œil ouvert, toujours. L'œil, elle y comptait !

— Comment l'as-tu trouvée à l'hôtel si elle ne t'avait pas donné son nom ?

— Elle m'avait dit qu'elle m'attendrait chez le coiffeur des dames de l'hôtel, et que je n'avais qu'à me pointer, tu comprends ?

— Oui, oui, je comprends. C'est tout ?

— Je te le dis, c'est tout. Et à présent, je vais faire quoi ?

Je lui tends discrètement sa superbe pétoire à cinq cents dollars.

— Maintenant, tu remplis ton contrat, bout d'homme : tu me suis et tu ouvres l'œil ; O.K. ?

Faut savoir trier le bon grain de l'ivresse dans cette

malle des Indes ! Qui veut quoi ? Tu me demanderais de te résumer le topo, j'en serais infoutu, ma parole ! Depuis Adam qui sait que je viens pour m'introduire dans son univers, prévient sa gerce et machigouille son faux meurtre sur ordre de ses supérieurs, jusqu'à la mère Sirella en agonie qui, en arrivant ici, s'est mise toutes affaires cessantes en quête d'un garde du corps pour me protéger, en passant par les services d'écoute de l'émir, l'attentat raté grâce à moi et le duel sans merci Achille-Béru, y a de quoi aller pêcher le saumon fumé en Ecosse ! Que de giries ! Et en plus, Bibi, ballotté comme un ballot avec deux chefs sur le râble, pareils à deux morpions sur mon pubis ; classe !

Déblayons le plus gros... Sirella. Là est le mystère. Quelle fut sa position exacte ? Garce ou alliée ? M'a-t-elle aimé vraiment ou mené en barlu sans rames ? A-t-elle joué mon jeu ou celui de l'I.S. ?

Puisqu'elle m'a fait cette révélation à propos de son vieux devenu homme zéro, c'est qu'elle jouait mes brèmes, non ? A moins que ce ne soit du bidon ? Note, y aurait mèche de le savoir, ce serait d'aller ouvrir le cercueil de Delameer, vérifier s'il contient l'encyclopédie Larousse en vingt volumes ou la carcasse de l'époux. Seulement, dans mon précédent book frileusement titulé *Va donc m'attendre chez Plumeau*, j'ai déjà exhumé un macchabe, je peux pas recommencer bille en tête dans ce polar de chiasse, qu'on va galoper dire que l'Antonio se répète, qu'il est monté sur boucle, qu'il écrit le *Boléro* de Ravel, tu les connais, tous ? Nuisibles à plus en pouvoir, le glave déjà bien modulé sous la langue, prêts à te le virguler en plein dans la gueule de ta répute. Une occasion de souillerie, ils peuvent pas la laisser passer. T'as déjà vu une mouche bleue ignorer une merde, toi ? Et eux autres, miel ou excrément, tout leur est bon à pomper. Ils sont pleins de radars ragoteurs qui mouchardent ; pleins d'ordinateurs pugnaces, d'écrans de contrôles, de torvitudes multiples, d'extrême mauvaise foi sans laquelle tu ne peux être un vrai fumier. M'auront-ils assez brigandé, les miséreux de l'âme, assez contraint, assez réduit, assez enlarmé, ces postillonneurs de vitriol, noirs, tièdes et glaireux, insanes, purulents, marécageux. Leur pardonnez pas, Seigneur c'est pas la peine ! Ou alors qu'ils rédemptent si d'hasard ils Vous rencontrent dans l'escalier de chez Frossard !

Et donc je te disais que, sottement pris au piège d'un bouquin précédent, ne puis aller regarder dans la tombe des Delameer si Adam s'y trouve. Je ferai donc sans cette vérification, en auteur courageux qui n'élude pas mais au contraire provoque la difficulté.

Ce qui m'incite à croire à la sincérité de Sirella, c'est la complaisance avec laquelle la police a gobé le meurtre de son gros lard. Dis, tu en as entendu causer de la Rousse anglaise ? L'une des meilleures *of the world,* comme on dit en France.

Alors, admettons que ma jolie maîtresse ait été franche avec moi. Admettons aussi qu'elle eût redouté un gros danger pour moi, pourquoi faire appel à ce petit détective privé à la manque qui doit gagner son couscous en filant quelques Européennes à la cuisse légère, au lieu de m'en informer, moi, l'intéressé ?

Que redoutait-elle pour ma santé ? Et comment ce Syrien traîne-lattes saurait-il intervenir en cas de coup dur ? Je le vois mal défourailler avec sa belle panoplie dont il se montre si fier.

Je retourne à la clinique d'un pas traîneur, m'efforçant de découvrir si quelqu'un d'autre que Kirâz Gratys me suit. Mais dans une foule aussi dense, faut avoir un périscope électronique pour retapisser un ange gardien, sauf si, comme le Syrien, il fait son boulot en amateur.

Une ravissante infirmière marocaine, blonde, mais tu peux aller voir dans son slip si c'est sérieux, règle le goutte-à-goutte de la blessée lorsque je déboule.

L'ayant interrogée d'un hochement de tête, elle me répond, d'un autre à peu près identique, que c'est pas brillant.

La pauvre Sirella est en piteux état. Souffle court, visage de plus en plus creusé. Un élan d'infinie pitié me fait lui saisir la main. Je capte donc sa menotte et la réchauffe de mes deux grosses miennes, comme si c'était un oisillon tombé du nid. L'image n'est pas de moi, mais de François Mauriac, et je ne veux pas empiéter. Je donnerais vingt ans de la vie de la reine Victoria (puisqu'elle n'en a plus besoin) pour qu'elle se remette. Ah ! que ne puis-je lui insuffler ma propre énergie ! Lui communiquer mes ondes actives, mon tonus, ma substance profonde.

— Quelqu'un s'est-il présenté pour la voir ? demandé-je à la jolie infirmière, laquelle contemple la scène, émue par ces trois mains entremêlées.

— Non, personne.

— Ecoutez, petite, je pense qu'un visiteur se présentera dans l'après-midi. Si c'est le cas, soyez gentille, ne laissez pas la malade seule avec la personne en question et arrangez-vous pour me faire prévenir par l'une de vos collègues ; je me tiendrai dans le salon d'attente.

— Vous pensez qu'on veut encore lui faire du mal ? demande la jolie fausse blonde.

Au lieu de répondre, j'élude d'une question.

— Quel est votre prénom ?

— Aïcha.

— C'est ravissant.

Ces niaiseries débitées en tranches extra-minces, pour être dégustées sur le pouce, je me rends dans le salon, face à l'entrée ; vaste pièce vitrée, décorée d'excellentes photos de Marrakech, et meublée de fauteuils tubulaires aussi confortables qu'une selle de vélo dont le cuir est parti.

Je saisis une revue vieille de dix-huit mois sur la table basse, comme quoi la reine de j'ignore où a des turbins avec son consort (qu'on ne sort plus, vu qu'il dodeline du cervelet) et entreprends courageusement cette lecture abrupte, qu'en comparaison, les polars de M. Attali (dont la vie est un songe) sont aussi faciles à lire qu'une affiche de mobilisation générale.

Du temps s'écoule. Je suis en compagnie d'un très vieillard jaunasse, engoncé dans des fringues plus surannées encore que lui. Il somnole, pressant entre ses jambes une canne à embout de caoutchouc sur le pommeau de laquelle il a accroché son chapeau à bord roulé, ruban noir et taupage inopportun en ces contrées chaleureuses. La peau de son cou fait des plis par-dessus le col dur d'un blanc évasif. Sa cravate se fixe par un système d'élastique à crochet, sans qu'on ait à se préoccuper de faire et défaire le nœud. Le vieux bonze a la paupière lourde d'un crapaud buffle et tellement de points noirs sur son blair que celui-ci ressemble à une figue de Barbarie.

Je profite de ce qu'il soulève sa paupière droite pour lui sourire, mais il demeure indifférent au point que je me demande si son lampion droit n'est pas en verre.

Je retourne à mon aride lecture. J'en suis déjà là que le consort fait sa promenade au bord du lac Machin, au bras de sa reine des neiges compatissante, la dame, reine mais épouse, je te prie de remarquer, et qu'assume son gâtochard la couronne haute, mon vieux. Ça, les rois, reines, princes, tu peux pas leur ôter : ils font front devant l'adversité. Quoi qu'il advienne, avec eux, c'est « Présent ! » Qu'ils attrapent la chaude-pisse ou un gouvernement socialiste, ils départent jamais, les monarques. Altiers, toujours ! Un dingue entre dans leur piaule, leur fiston joue l'*Arnaque*, leur conjoint déjante du bulbe, aucune importance : le sang est bleu, la tiare est verte, laisse un peu la fenêtre ouverte.

Je glandoche le long de cet admirable reportage, essuyant mes larmes d'un revers, m'arrêtant pour laisser à ma gorge l'opportunité de se dénouer. Comme c'est long ! Et de quelle patience fais-je preuve ! Moi, l'éternel pressé lorsqu'il est question de boulot, je suis capable de poireauter pendant des lustres sous des heures, ou pendant des heures sous des lustres. Rien ne me rebute.

Dans son fauteuil, le dabuche en écrase pour de bon. Son ronflement est pareil à un essaim de bourdons lâchés dans une pétaudière. Je me mets à siffler entre mes dents pour tenter de couper l'admission des gaz, mais il est parti en prise directe et rien n'y fait.

Qu'attends-je ? Une manifestation des Britannouilles ? Bon, et ensuite ? Elle serait logique. Une ressortisserante s'est fait plomber dans un attentat, les autorités de son pays accourent, quoi de plus normal ? Et qu'un employé du consulat (quel con, çu-là !) se pointe pour prendre des nouvelles, assumer les frais de rechapage, ça coule de source, non ? Rencontrer un tel monsieur, lui parler, ne me mènerait nulle part, ne déboucherait sur rien, pas même un évier, ajouterait le Gros pour qui la technique d'un bon mot se décompose de la manière suivante : « Une supposition que tu sois garce et que tu t'appelles Ainlazare, on dirait de toi la garce Ainlazare ».

Et pourtant, l'espoir veille en moi, dans mon tréfonds, comme une bougie sous le goulot d'une bouteille qu'on décante. Ne conclus pas de cette puissante métaphore que je fais œuvre littéraire. D'ailleurs, soit dix ans passants, ils commencent à me bassiner, tous, à chercher si j'appartiens ou non à la littérature. Que je les supplille à deux genoux et couilles rabattues de me laisser tranquille. Un Sana, c'est un Sana, rien de plus, mais rien de moins. On l'achète, on le lit, on le prête, ou bien on le revend ou on le met dans ses chiottes, j'en ai strictement rien, mais alors super-rien à branler ; et faudrait stopper de me pomper l'air « à laquelle » j'ai droit, me laisser sous emballage spaghetti, peinard ô combien ! Je refuse qu'on m'incluse ! Non, c'est pas de la littérature, ça n'en sera jamais, heureusement ! Faites-moi plus chier sinon je me mets à mal écrire pour vous prouver, s'il faut tous en passer par là, tas de nœuds ! Para-sous-infra-littérature ! Non, mais ça se déglingue dans les tiroirs de votre matière grisâtre, les mecs ! Arrêtez de vous branler, venez plutôt me faire une petite pipe, qu'on en profite tous. Le premier qui me retraite de para, je lui fais fumer le pot d'échappement de ma Maserati ! Que je me retrouve classé infra et tes miches vont ressembler à un panneau de sens interdit, sauf que la raie sera verticale et noire au lieu d'être horizontale et blanche.

Et puis, bon, au bout d'un temps immémorial (de Sainte-Hélène), voilà une femme de salle qui s'encadre : une Noire et boulotte, comme dans toutes les cliniques du monde occidental où le médecin-chef ressemble plus souvent à du yaourt qu'à du chocolat.

Elle me fait un « Psiiiit ! » qui ferait se collisionner vingt bagnoles si elle l'avait balancé place Charles de-Gaulle (qui fut la troisième étoile de ce grand guerrier du micro).

D'un index en crochet, elle m'happelle (contraction de happer et d'appeler).

Je la rejoins (de robinet).

— Aïcha a dit qui faut que vous allez voir, me déclare-t-elle.

Je tapote sa joue fraîche.

— Je aller y vais, lui réponds-je charitablement.

Et je y vais, effectivement.

La jolie blonde à chatte noire sort de la chambre de Sirella.

— Il y a là le consul de Grande-Bretagne avec le professeur Sa Fémâhl, me dit-elle.

Je cligne de l'œil.

— Vous êtes certaine qu'il s'agit bien du consul?

Elle me saisit le bras et m'entraîne jusqu'à la baie vitrée donnant sur le parkinge de la clinique. Une Rover noire, battant plaque consulaire y est stationnée. Un chauffeur en blazer bleu et chemise blanche est acagnardé contre l'aile avant gauche, si ça ne t'ennuie pas trop, sinon tu peux l'adosser à l'aile avant droite, je ne te ferai pas de procès.

— Que dit-il au professeur?

— Qu'il veut affréter un avion pour rapatrier miss Delameer à Londres.

— Le professeur est d'accord?

— Il a répondu que la chose était impensable dans l'état où se trouve la blessée.

— C'est bien mon avis également.

Sur ces entrefesses, la porte s'ouvre déjà et un personnage tellement anglais d'aspect que c'en est de la franchise, sort, flanqué du médecin-chef. Visage allongé, élégance un peu désuète, regard qui coupe court.

Il prend rapidement congé du toubib et quitte l'hôpital. Sa Fémâhl s'évacue dans la direction opposée sans me remarquer car je me suis grouillé de renouer le lacet imaginaire de mon mocassin extraréel.

— Je retourne attendre, dis-je à Aïcha.

— Vous avez de la patience, note la jolie avec un sourire.

— Pour peu que vous en ayez aussi, on pourrait peut-être passer la soirée ensemble, non? On dînerait à mon hôtel, ensuite vous me feriez visiter Marrakech *by night,* et moi je vous montrerais mon couteau suisse à soixante-douze lames.

Elle rit.

— Vous pensez attendre ici jusqu'à quelle heure ?

— Jusqu'à ce qu'arrive la personne que j'espère.

— Et si elle ne vient pas ?

— Les portes de la clinique ferment à quelle heure ?

— Neuf heures.

— Et après ?

— Il faut sonner pour les urgences.

— En ce cas, j'attendrai jusqu'à neuf heures.

Aïcha me défrime d'un œil grave.

— J'aimerais savoir ce que vous manigancez.

— Moi aussi. Alors, c'est O.K. pour ce soir ? Neuf heures et demie au *Mâ-Kâch* ?

— Vous savez, je n'ai pas de toilettes très habillées.

Je m'abstiens de lui répondre que ce n'est pas qu'elle soit habillée qui m'importe, bien au contraire.

— Quand on est belle comme vous l'êtes, un sac à pommes de terre avec trois trous vous transforme en princesse des Mille et une Nuits, Aïcha, je lui sors sans frais de port.

Et je retourne dans le salon où le vieillard continue sa roupille.

Ayant achevé la vie fabuleuse du consort givré, pour le laisser à ses électrochocs mignons et aux marrons glacés expédiés par sa reine-femme, je renonce à d'autres lectures et me plonge dans la réflexion. Mais c'est mal engagé, je m'en rends zézément compte. La gamberge, ou bien elle file droit comme une fusée américaine, ou bien elle est montée sur boucle, comme une fusée française. Très vite, je me retrouve à la case départ, pataugeant dans la boue du mystère à m'en foutre plein les futiaux.

Une silhouette familière me tire de ma semi-léthargie. Ma para-infra-sous-lucidité, diraient mes exégètes laisse illico place à l'état d'alerte.

Le Dabe !

Oui, Achille, plus chauve que toujours (et le soleil

d'ici n'arrange pas son cas) vient de passer devant le salon. Préoccupé, l'air atrocement mauvais.

Je compte posément jusqu'à huit et demi, pour faire plaisir à Fellini, et la petite femme de salle noirpiaute me refait le coup du « Psiiiiit ». Je vais à elle.

— Dites à Aïcha que le nouveau visiteur est un ami, lui chuchoté-je.

Elle me vote un sourire grand comme une tranche de pastèque avec ses pépins.

S'éclipse.

Pourquoi Achille ?

Il a tenu à visiter la mère Sirella, s'assurer de son état ? J'attends qu'il repasse pour l'aborder. Sa rogne doit mousser pire que l'Etna quand on a balancé dans son cratère dix tonnes de crème à raser (ou à araser).

San-Antonio abandonne son siège moelleux comme celui d'une moissonneuse-batteuse pour gagner le hall.

Je poussa la porte et sortis, contrairement à cette fameuse loi en littérature d'action qui veut « qu'on poussa la porte et entra ».

Fais les dix pas, la surface du lieu ne permettant pas de faire les cent, et je le déplore car j'aime la marche à pied, ce premier des sports puisqu'il subjugue l'homme au bout de sa première année d'existence.

Un Arabe en blanc, beau comme un roi mage d'Epinal, se pointe à la réception, lesté d'une corbeille de fleurs derrière laquelle tu pourrais baiser la bonne sans que ta femme s'aperçoive de quelque chose.

Il demande la chambre de la dame blessée dans l'attentat du *Mâ-Kâch*. La préposée, une jolie rondeur moustachue, avec un badge gravé au Dymo M 10 comme quoi elle se nomme Mme Salbourrick, la préposée, reprends-je, lui indique qu'il doit coltiner son parc de Bagatelle (pour un massacre, en l'occurrence) au service « Chirurgie » et le confier à l'infirmière-chef, laquelle jugera si la destinatrice est apte à renifler ces fleurs surchoix.

Et bon, il y va, suivi du gars moi-même, le garçon choyé de Félicie.

Le livreur contacte Mlle Aïcha, laquelle lui fait déposer sa corbeille sur une table roulante, puis il se retire.

Dès lors, je l'intercepte :

— Un instant, l'ami ; qui vous a donné cette corbeille à livrer ?

— Mon patron.

— C'est-à-dire ?

— M'sieur Mohamed Ben Isaac, le fleuriste de l'hôtel *Mâ-Kâch.*

— Qui l'a commandée ?

— J'sais pas, m'sieur, mais y a une carte.

— O.K., merci.

Il s'éloigne.

— Vous permettez ? dis-je à Aïcha. Service des poids et mesures d'urgence.

Et, au grand dam (mais j'aime le jeu de dam) de l'ensemble floral, voilà super-Antonio en train de tripatouiller la corbeille, s'assurer qu'elle ne recèle rien de fâcheux. Tout paraît de bon aloi. Me reste plus qu'à examiner la brèmouze encloquée dans une enveloppe de papier cellophane mal armé (1). Beau papier non ébarbé (d'Aurevilly) sur quoi sont gravés des caractères arabes (très élégants sur une boîte de dattes), sous-titré en anglais *Fantastic Majesty Joliman Kohnar II.*

« Bigre, me dis-je en privé, Son Altesse a du savoir-vivre si la pauvre Sirella n'en a plus beaucoup. »

Pendant que je remets les fleurs en place, le Vieux

(1) Calembour obscur, qui ne s'éclaircit que pour les lettrés ; disons-le, ici le grand infra-écrivain fait allusion au poète Stéphane Mallarmé. Il a eu fait mieux dans l'à-peu-près, mais l'apanage des sous-littérateurs, c'est qu'ils n'ont pas besoin de se sortir les pouces du cul pour écrire.

Jules.

ressort de la chambre. Tu dirais un magistrat venant réveiller le condamné à mort sur le coup de cinq plombes. Il a vieilli depuis le déjeuner tronqué. Il ne faisait pas tellement jeunet, Chilou, mais tu lui donnerais au moins six mois de plus.

M'avisant, il s'arrête.

— J'accepte, balbutie-t-il, comme un qui consent à déposer son bilan.

— Qu'acceptez-vous, patron ?

Il fait deux pas, écrase un pleur né avant terme, appuie sa belle main pour présentoir de velours sur ma robuste épaule.

— Vous avez dit « patron » ? J'ai bien entendu, mon cher garçon ?

— Mais oui, patron, j'ai dit « patron », parce que vous resterez toujours pour moi « le patron » ; on a tellement vécu de choses insensées ensemble...

Il soupire :

— San-Antonio, mon chéri, je peux vous embrasser ?

Et sans attendre mon consentement, il m'applique un gros mimi mouillé sur la joue.

— Des paroles pareilles, c'est un peu de vie que vous redonnez à l'agonisant que je suis.

— Je souhaite votre tonus à tous les agonisants, patron.

— Pourquoi ma vie si rutilante, je dirai presque si glorieuse, si noblement remplie, bascule-t-elle dans l'abîme cacateux du présent, mon petit loup ? J'avais tout : fortune, pouvoir, honneurs. Du charme, de la conversation, un sexe en ordre de marche. Les décorations et les femmes se pressaient sur ma poitrine. Je bouffais du caviar à la louche et des culs à la pelle. J'intimidais. Il m'arrivait même de faire peur, oui, moi. Aboutissement absolu de la réussite. Je faisais peur sans me forcer, en restant moi-même. Et soudain, du fond de l'horizon surgit la tempête. Je vis du

Wagner, Antoine. *Parsifal.* On me sacque pour me remplacer par le plus grotesque de mes subordonnés afin de m'humilier jusqu'à la moelle, en prouvant que mes fonctions pouvaient être assumées par un gugus pétomane.

« Et non seulement cette baudruche pleine de beaujolais frelaté s'assoit dans mon fauteuil, mais de plus, elle me moque, m'insulte et, vous savez quoi, mon chéri ? Me cocufie ! Car il a retourné ma chère Suzette comme une crêpe. Savez-vous qu'ils sont enfermés dans sa chambre, le Poussah et cette délicate créature, et que depuis trois heures d'horloge elle pousse des clameurs qui font mouiller tout l'hôtel, du plus jeune groom à la plus vieille lingère ? Le savez-vous ? N'est-ce point à douter de tout ? N'est-ce point à en mourir de tristesse ? « L'Orchidée et le Goret. » Fable ! Fable dont je suis la risée.

« Savez-vous ce qu'il ne me reste plus qu'à quoi, mon gentil lapin ? Plus qu'à dénouer cette affaire. Moi ! Moi tout seul ! J'aboutirai ou je périrai. »

Il cesse de m'effusionner par le haut pour descendre à l'équateur et m'emparer les mains.

Les pétrit.

— San-Antonio, mon unique, mon féal, mon préféré, mon disciple, mon bambin, mon petit lapineau-des-champs, voulez-vous m'aider à résoudre tout seul cette histoire ?

*
* *

J'ai balbutié qu'oui.

Il m'a rembrassé.

— Dites donc, elle est foutue cette dame ! a-t-il déclaré en montrant la chambre de Sirella.

— Je le crains.

— Dommage, c'était un beau morceau. Vous avez dû vous régaler ?

— Comment oserais-je le nier ?

Le Vieux fulmigène :

— Quand je pense à l'autre petite chochotte, là-bas, en train de se faire détériorer le fondement par un âne en rut !

— C'est le rêve de toutes les honnêtes femmes, patron. Et plus elles appartiennent à la Jet Society, plus elles recherchent les soudards !

Il hausse les épaules.

— En ce cas, nous baiserons les filles d'auberge, mon pauvre petit ; nous nous rabattrons sur les houris sans soutien-gorge, sur les dames qui portent des culottes de coton ; nous violerons les chaisières, séduirons les mercières, les poinçonneuses de la R.A.T.P., les vivandières, la mère Denis, les pasionarias d'extrême gauche ; si je vous disais que je rêve de Mme Huguette Bouchardeau et que Mme Gandhi me fait bander. Vous n'aimeriez pas lui faire l'amour, vous, à Mme Gandhi, sur des tapis de soie, dans une odeur de papier d'Arménie consumé ?

« Foin de nos élégantes et distinguées frivoles, San-Antonio. Foin ! Foin ! Foin ! Qu'elles aillent se faire sodomiser par les terrassiers, les éboueurs, les marlous-sandwiches. Nous, nous tremperons nos queues dans l'eau de vaisselle ! Et si la mère Ténardier rechigne à nous prêter ses fesses, nous enfilerons des chèvres ! »

Il part en titubant.

S'arrête à la porte.

— *Achtung !* Je dois résoudre cette histoire dans les plus brefs délais. Vous m'apportez la réponse dans les quarante-huit heures ! Je serai à l'hôtel ou dans l'annuaire !

Le Dabe disparaît.

Sonné ! Il a toujours un peu tutoyé l'extravagance, l'Achille, mais cette fois il met carrément le pied dedans.

— Que faut-il faire de ces fleurs ? demande la belle Aïcha.

— Offrez-les à votre grand-mère, mon cœur.

— Je vais les mettre dans l'office des infirmières en attendant.

— Comme vous voudrez, mais n'oubliez surtout pas notre rendez-vous de ce soir.

A peine que je termine mon œillée giratoire à double foyer d'intention, manière d'affirmer ma conquête en attendant d'aller planter mon drapeau sur sa lune, qu'un nouveau personnage s'annonce qui réclame après Mrs. Delameer.

Un gros mec avec les cheveux grisonnants taillés en brosse, une forte moustache un peu plus foncée que ses crins, un nez aux ailes dilatées, le teint jaunâtre d'un hépatique ; il porte d'énormes lunettes à monture d'écaille, est vêtu en triste et coltine un porte-documents avachi comme un foie de vache dont il a la couleur peu engageante, que justement, autant te le dire, quand je nous vois bouffer toutes ces horreurs, j'ai honte de notre appétit sans limites et rêve de devenir végétarien. J'ai raté le coche, j'aurais dû appartenir au règne végétal et non pas à l'animal, si dégueulasse, plein de saloperies, merdes et menstrues, hautement morveux et débectant, sanieux aussi, bien pestilentiel, puant de tous ses trous, qu'en fin de compte je comprends la tentation de certains de se faire cramer après le rideau final, tout liquider pour ne plus laisser d'eux qu'une pincée de scories anonymes. Mais moi, catholique romain (de la décadence), pas de ça, Lisette ! Chez nous on se décompose benoîtement, subissant la trajectoire de bout en bout, sans écarter le moindre asticot de notre chemin ; puisque c'est cette complète soumission qu'*Il* veut de nous. Ses desseins sont sacrés. On peut regretter de ne pas être poireau, mais on assume son hommerie. Et ainsi, que notre pourriture soit faite si elle doit être l'expression de Sa volonté. *Amen.*

Donc, nouveau venu dans l'horizon de la malheureuse Sirella.

Il demande l'infirmière cheftaine. Aïcha répond présente.

Il montre un document du consulat britannique.

— Je suis le docteur Jess O'Meil et je dois visiter la blessée, déclare l'étrange visiteur.

Aïcha dit qu'elle va prévenir le professeur Truc (je ne sais plus quel nom à la con je lui ai mis et j'ai la flemme de compulser).

Ma jolie nouvelle future conquête blonde à poils noirs s'éclipse jusqu'à son burlingue. Elle tubophone. Pendant ce temps, le toubib anglais *and me,* on se défrime discrétos. Lui, gentleman, donc infiniment pudique, y compris du regard. Moi, flic, donc à la fois prudent et scrutateur, tu vois le genre ? Ce mec, je sens une grande jubilation intestine à le parcourir de mes prunelles chatoyantes. Il me fait songer à un comédien français qui joue les rondeurs. Il y a un petit côté Boubouroche britannique chez ce monchu (1). Il va se planter devant la baie vitrée en attendant le retour d'Aïcha, lequel s'opère assez rapidement.

— Vous pouvez entrer, docteur, c'est en ordre, le professeur a été prévenu de votre visite par le consul.

Le visiteur opine et pénètre dans la chambre. Je fais signe à l'infirmière de l'y accompagner.

Ensuite de quoi je quitte l'hosto. Une grande paix intérieure éclaire mon âme salubre comme le soleil couchant illumine la moisson beauceronne, ainsi que l'a si justement écrit le cousin de Charles Péguy, le grand, celui qui avait une recette contre la chute des

(1) Monchu : monsieur en patois dauphinois.

Berlitz.

cheveux ou les démangeaisons, je ne me souviens plus très bien. Je m'embusque derrière un massif de couscoussiers nains. Douce planque. Enfin, ce que j'attendais sans vraiment oser l'espérer. Tu veux que je vais te dire ? J'exulte. Et pourtant, tu peux relire toute ma prose, ça m'arrive rarement. Je suis pas exulteur de naissance, moi. L'exultation, je te prie de croire, n'est pas une pulsion fréquente.

Les couscoussiers nains sont en fleurs et sentent bon. Je continue de poireauter, mais avec impatience cette fois, car je touche au but, moi le touche-à-tout type. Donc, j'ai flairé juste ! Donc, mon ancêtre singe a eu raison de se mettre à la verticale pour me préparer un cerveau d'au moins quatre livres. T'as vu comment il stimule ses méninges, l'Antonio joli, poulette ? La façon impec qu'il conduit sa barque, ce gondolier du mystère, ainsi que m'a baptisé le cher Jean-François Revel dans son Ode à moi.

Cette fois, mon attente est brève car le « docteur » Jess O'Meil apparaît au bout de peu. Il semble atteint de rhumatismes articulaires plâtreux, la manière naninaniante qu'il se déplace, ce gonzier, posant un pied comme sur une poutrelle située à vingt mètres du sol, y établissant son équilibre pour, ensuite, placer l'autre pattoune devant.

Suivre un escarguinche, ça paraît fastoche, eh bien je vais t'avouer une chose : ça ne l'est pas le moins car tu ne sais pas où te tenir ni comment te déplacer toi-même, comprends-tu ? T'es là, ballant, ballot, empoté de tes os, à te prendre les pinceaux dans ton ombre. On dirait qu'on suit un enterrement de dignitaire soviétique. Pas glissés. Marche funèbre. Pom pom pom ; pom pom pom ; pom pole...

Il tourne à droite sur le boulevard (- + % !, l'une des plus nobles artères de la ville.

J'attends qu'il prenne un peu d'avance. Il va son

petit bonhomme de boulevard, podagrement, balançant sa serviette, la tête basse et la queue aussi, je gage.

Je m'offre le luxe de considérer l'éventaire en plein air d'un ciseleur sur cuivre en train de faire des guiliguilis à des plateaux comme ma regrettée tante Marthe en possédait (son bonhomme avait été officier en nordafriquerie à l'époque où le Français savatait le cul de l'Arabe parce que ce dernier ne possédait ni pétrole ni fusils).

Et c'est alors, tandis que je regarde arabesquer la main magique de l'artisan, que deux détonations retentissent. Poum ! Pim !

Deux coups de feu aux sonorités différentes.

Une bastos vient de se ficher dans une magnifique bouilloire à col de cygne de Saint-Saëns posée à vingt-trois centimètres de moi.

N'écoutant que ma présence d'esprit et soucieux de conserver ma présence à l'Univers, je me jette à terre.

MON FORT INTÉRIEUR
MON FORAIN T'ES RIEUR (1)

La bouilloire de cuivre dont il est fait état à la fin du très plaisant chapitre précédent est le genre de récipient dont nos frères musulmans, que je révère, se servent pour se laver la bibite après usage. Il m'est arrivé, je crois l'avoir signalé par ailleurs et autre part, de voir dans des aéroports du Moyen-Orient (pourquoi *Moyen*-Orient, alors que c'est du pur Orient ?) des messieurs gagner l'aire d'embarquement avec cet ustensile à la main, comme d'autres coltinent un attaché-case. C'est du plus gracieux effet.

Or donc, voilà cette bouilloire inutilisable du fait de la bastos qui l'a perforée en mes lieu et place.

J'attends d'autres détonations, mais rien ne se produisant je redresse la tête. J'aperçois alors un petit tas sombre au sol, à faible distance, et puis tu sais qui ? Mon « garde du corps », le Syrien Kirâz Gratys, penché sur ledit.

Un peu honteux de ce mouvement d'autoconservation, j'opère un gracieux rétablissement et m'approche du tas sombre. Quelle n'est pas ma naninanère en

(1) Mon lecteur, grâce à sa vaste intelligence qui lui ruisselle de partout, aura remarqué que ces têtes de chapitres sont sans le moindre rapport avec l'action ; tout comme l'action n'a rien à voir avec le livre, et inversement.

S.-A.

reconnaissant le petit vieillard somnoleur de la salle d'attente.

Kirâz Gratys est dans la plus vive emmerderie.

« O putain ! O putain de sa mère, il psalmodie en français, en arabe et en claquant des chailles. Putain de sa mère, qu'est-ce que j'ai fait ! Je voulais seulement tirer un coup de semonce ! Et puis mon putain de silencieux est pas silencieux du tout, putain ! »

Mon regard d'aigle policier rétablit la genèse du drame. Le petit vieillard a dégoupillé sa canne qui, lorsque tu lui fais subir certains aménagements devient une carabine. Ensuite de quoi, profitant de ce que j'étais arrêté, il a voulu me flinguer garenne. Mais le cher Syrien (une espèce de Saint Syrien pour moi) qui observait le topo selon les consignes reçues, est intervenu. Probablement est-ce la première fois qu'il se sert de son arme ? A moins qu'il n'ait eu le hoquet au moment d'en presser la détente, because son soi-disant coup de semonce a traversé le guignol du vieillard flingueur. Et maintenant, il claque des chailles devant le cadavre de sa victime.

« O putain, il continue ; ô putain de sa mère, ô ma putain que j'aime », ajoute-t-il pour avoir appris Péguy à l'école française.

La populace fait cercle, mais à bonne distance.

— Barre-toi, mec, avant l'arrivée des perdreaux ! lui intimé-je.

Il me considère, tout flageolant.

— Mais fous le camp, bon Dieu, avant de barboter dans la merdouille !

Cette fois, il se décide, rengaine sa chère pétoire et s'éclipse.

Je note qu'il porte de grosses lunettes de soleil, ce qui rendra son identification duraille, d'autant que je compte bien fournir de lui un signalement erroné. Le pauvre mec m'a probablement sauvé la vie, il est juste que je lui garde le nez propre et les pieds au sec.

En attendant que se pointent mes confrères marocains, je palpe le mort. En vain. Ses poches sont tout ce qu'il y a de vides. Pas le moindre papier. Quelques billets de banque et point à la ligne.

Ainsi c'est à ma personne qu'en avait ce petit vieillard dodelineur ? Curieux tueur à gages en vérité. Je n'ai jamais rencontré un flingueur aussi vénérable dans ce délicat boulot. Pour le compte de qui œuvrait-il ?

Je mate en direction du docteur Jess O'Meil. Fume ! Il a disparu. Vraiment, c'est pas de bol.

Parce que ce gros bonhomme grimé et traînant bas la patte, n'était autre que Mr. Adam Delameer venu en catastrophe voir sa dame agonisante.

Je passe le reste de la journée en compagnie de mes homologues d'ici. Je leur raconte ce que je veux bien. Comme je suis auréolé de prestige depuis que j'ai neutralisé l'attentat du *Mâ-Kâch* contre Son Altesse Splendidissime l'ex-émir Kohnar, ils ne me font pas de giries. Bon : c'est une vengeance probable des gens ayant fomenté le coup de main. Je leur laisse le soin de percer l'identité du petit vieux. Qui a abattu ce dernier ? Moi, je leur déclare avoir aperçu un individu bedonnant aux cheveux grisonnants.

A mon avis, il s'agit de quelque agent secret intercalé dans l'affaire. Peut-être même était-il en secours avec le vieux, et a-t-il effacé le vétuste par suite d'une fausse manœuvre ? Enfin bon, tout ça, des routines... On bavasse un brin : « Et comment va ton président de la République ? Merci, pas mal, toujours la rose en chiant, ou la chose en riant ; et toi, ton roi, ça marche ? De plus en plus bel homme, l'âge lui réussit » ; bref on se met à jour en éclusant du thé à la menthe accompagné de petits gâteaux aux amandes saupoudrés de sucre glace.

Lorsqu'on se quitte, huit heures sonnent au clocher de « Notre-Fatma de Marrakech », la mosquée principale. Pendant que je discutais avec mes confrères, une idée tellement lumineuse que j'ai bien envie de l'offrir à la localité d'Ouessant pour si des fois son phare tombait en panne, s'est déposée dans mon caberluche.

Le vieux poireautait à l'hôpital dans l'intention de me passer de vie à trépas. Il a attendu que je sorte pour m'assaisonner. Il devait agir en pleine rue, très vite. Bon, et *after ?* Kirâz Gratys a été le grain de sable, mais envisageons la suite du meurtre. Le vénérable tueur me mouche la chandelle. Dès lors, il doit mettre à profit la stupeur générale pour s'emporter dare-dare, non ? Il possédait donc, pour ce faire, un véhicule à disposition dans les parages. Alors, de mes deux choses l'une : ou bien le véhicule en question était piloté par un complice qui attendait, ou bien pas, et dans ce second cas il se trouve encore là où pépère l'avait stationné. Ce vieux crabe à la canne farceuse a passé plusieurs heures dans l'hôpital. Est-il vraisemblable qu'un partenaire ait attendu aussi longtemps au volant d'une chignole ? Les marchands en plein air l'auraient retapissé de première et son signalement ça allait être du gâteau au miel plus tard.

Conclusion : une voiture appartenant à mister La Boitille attend toujours son *driver* à proximité des lieux du coup fourré ; tu paries ?

Donc, retour aux sources.

M'est avis qu'on débrouillarde enfin, gamin.

Déjà, je sais que Sirella ne m'avait pas menti : son vieux vit toujours. Elle savait qu'on devait me mettre à mal et elle a préservé l'enfant unique de Félicie en engageant ce flic privé à la manque qui s'est révélé digne des meilleurs G'men.

Attends, ne nous emballons pas, qu'ensuite on parviendra peut-être plus à se déballer, empêtrés que nous serons dans la ficelle de l'impulsion.

Tout commence, non pas par des chansons, non pas par l'échanson, mais par l'émir Kohnar. Il est en Helvétie, déposé de son trône comme un paquet à la consigne. Une jeune journaliste l'interviouve. Il lui dit qu'il en a gros sous le turban du chapeau qu'on lui a fait porter au sujet de l'affaire Fernal. Qu'au grand vizir jamais il n'a donné l'ordre de tuer ce messager secret et que le vice-consul britiche de l'époque, l'Honorable Adam Delameer est mouillé jusqu'au nombril dans cette histoire. Le Régent, notre diamant national, a disparu dans l'affaire. On me charge d'aller enquêter dans l'intimité de Delameer pour en savoir plus sur les Anglais qui bougent.

Je me pointe à Eggs-to-the-Cook, prêt à la manœuvre casanovesque d'urgence pour forcer la porte des Delameer, via la jolie culotte rose de sa dame. Selon icelle, à peine suis-je à pied d'œuvre qu'on sait tout de moi et de mes intentions. Sirella reçoit la consigne d'entrer dans mon jeu. Tout va bien, elle devient ma maîtresse (hmmm, qu' c'était bon !) et c'est alors que les services secrets usent de moi pour simuler le meurtre d'Adam. Le voici devenu un homme zéro, bravo. J'embarque alors sa Ninette pas éplorée le moindre et, manière de lui faire oublier son faux veuvage, l'amène à Marrakech. Mon intention est de discuter sérieusement le bout de gras avec l'émir.

Je poursuis ou tu te fais faire minette ? T'aimes mieux après ? Bon.

A peine débarqués au *Mâ-Kâch*, un connard de mes relations qui s'y trouve me fait un galoup de première, dévoilant mon identité devant Sirella. C'est le déclic : elle me dit tout. « Bizarre, bizarre », me fais-je en aparté surchoix. Mais bon, voir et attendre, n'est-il pas ?

On cause du père Kohnar à table. Cet homme qui est mieux équipé que le F.B.I. capte notre converse et nous mande (Lozère) en sa royale suite. Qu'alors un commando intervient pour le buter. Mais le destin qui m'a placé sur sa route me permet de dévier les choses et c'est ma pauvre Sirella qui déguste.

On la conduit en clinique, l'opère. Je prie pour elle et préviens les autorités britiches. Le consul se déplace. Et, en fin de journée, le mari mort qui va survivre probablement à sa dulcinoche radine, grimé comme pour interpréter de l'Ibsen dans une troupe d'amateurs.

Je le filoche. Heureusement, Sirella, qui m'a pourtant tout dit n'a pas cru opportun de me parler du détective privé qu'elle a engagé pour me protéger. Cet homme me sauve la mise en abattant un obstiné petit vieillard au moment où celui-ci me plombait.

Ai-je omis quelque chose d'important? Si oui, ramasse-le avec ton mouchoir pour ne pas laisser tes empreintes dessus et dépose-le dans le tiroir du haut de mon slip (celui du bas est plein).

Donc, je le redis, mais avec toi, mon Zozo qui n'est multipliable que par zéro, il est opportun de ressasser, redonc, Sirella savait qu'on en voulait à ma prestigieuse existence. Re-redonc, son bonhomme n'avait pas coupé les ponts avec elle puisqu'il s'est précipité à son chevet. C'était en somme un homme zéro provisoire, non ? Et tout ça s'opère dans l'une des plus belles villes du monde, pleine de douceur, de soleil, de palmiers, de couleurs, d'Atlas pour cartes postales. Avec des serpents dressés, des mouches folles, des morpions (Béru-Achille) qui se disputent âprement le gouvernail de l'enquête, tant et si bien qu'ils risqueraient de faire sombrer le navire si je n'étais là.

Toujours marchant, poussant mon ombre sombre le long d'un mur ocre, je laisse du champ à ma perplexité. Tu connais, ces laisses extensibles à enrouleur. T'appuies sur un glatmutche nickelé et ton cador peut aller renifler des étrons à vingt mètres de toi. Tu presses un autre, et la laisse se rembobine, obligeant le bestiau à faire retour.

Ce qui me surprend, au fil du raisonnement, c'est le ceci que voilà : « Pourquoi cette affaire Alain Fernal « ressort-elle » après tant d'années ? Si vraiment notre fameux caillou a disparu dans l'aventure, est-il crédible qu'on ait l'espoir de le récupérer ? »

Quel pot de goudron !

J'ai envie d'acheter une forêt et d'aller m'y perdre.

A nouveau me voici devant la clinique. Mon cœur se serre à la pensée que Sirella est en train d'y gésir, pauvre sirène disloquée dont la vie ne tient plus qu'à des injections de produits chimiques.

Qu'est-ce que je voulais ? Ah ! oui : chercher si le vieux tueur était voituré et, au cas qu'oui, retrouver son véhicule.

Alors je longe la clinique jusqu'au carrefour et, à pas lents, rebrousse chemin, considérant les autos en stationnement. A cette heure du soir débutant, elles sont assez rares. A vrai dire, depuis le carrefour jusqu'au croisement suivant, il n'y en a que quatre, stoppées le long de la clinique. Je m'attarde sur leurs immatriculations, toutes les quatre comportent des plaques marocaines. L'une d'elles étant munie du caducée, je l'ébouse.

— T'as l'air perplexe ? déclare une voix mélécassissiste.

Je demi-tour gauche. Pour me planter devant un couple. Lui, gros, rouge, con, avec un attirail photographique sur le placard et une chemise jaune. Sa limouille et sa frite te restituent le drapeau espinguche. Il est flanqué d'une nénette du genre morille déshydratée comme je dis puis, rabougrise, flétrie, conçue pour vivre le malheur ou le porter aux autres.

— Ça va mieux, tes humeurs ? insiste le bœuf.

J'ai reconnu Eloi Dutalion, le gaffeur. Celui qui a tout déclenché, en fait.

Bon zig, il paraît ne pas me tenir rigueur de l'avoir chassé de ma chambre.

Je presse sa main d'ancien champion de tir. Elle tremblote. La maison Parkinson, en voiture! Maintenant, il serait même pas fichu d'envoyer des fléchettes dans les miches de Béru, mon ex-moniteur.

— Je te demande pardon, pour mon coup de sang, lui dis-je, mais j'étais en mission ultra-délicate et tu m'as carbonisé le coup en révélant que j'étais flic.

— Ça ne m'étonne pas de lui, grince sa girouette rouillée. Il n'en rate jamais une!

La parfaite entente! Bel attelage, les gars. La charrue étant la vie, et le bœuf le pauvre Dutalion. C'est Mrs. Madame qui manie l'aiguillon en branche de houx.

On bavasse un bout. Lui m'explique qu'il a gagné ce voyage dans un jeu radiophonique de Pierre Bellemare. Huit jours pépères, hôtel de luxe, faux frais payés. On a même mis une cinq chevaux à leur disposition. Alors ils ont vadrouillé : Taroudan, Voir-sa-Chatte (1), les palmeraies, tout le chenil. Un pur voyage de noces.

Du temps qu'il cause, je l'imagine en train de grimper sa bestiole, écrasant cette mante religieuse sous sa masse tremblotante, Eloi. Voyage de noces! T'as envie de le dételer un coup; qu'il aille un peu en baguenaude avant de crever : dire bonjour aux putes, écluser des alcools durs, ou bien ne rien foutre là où il l'entend. Mais elle l'enterrera, bobonne, comptes-y. C'est inscrit sur les calendes. Déjà veuve, on dirait. Ce ne sera plus qu'une simple formalité.

Il continue de jacter, ignorant de son destin.

(1) L'ami de Sana doit parler de Ouarzazat.

Je conclus que ce qui l'épate le plus au cours de ce voyage, c'est pas le Maroc, mais la bagnole qui lui est fournie en supplément. En France, il circule en 2 CV. Pour lors, la 5 CV « Le Car » qui lui a été allouée l'époustoufle. Il y revient tire-larirette, Eloi. Ses performances, son habitabilité, les reprises foudroyantes et toutes les petites conneries du tableau de bord qui s'éclairent, tu croirais driver un Boeinge.

— Chapeau pour la Compagnie Le Trèfle, ajoute-t-il ; il faut voir l'entretien de cette tire. Tiens, regarde celle-là, à droite, elle aussi vient de chez Le Trèfle, tu peux me montrer une éraflure ? Un pare-chocs tordu ? Et pourtant, c'est une... (1) qui rouille sur catalogue généralement. Elle est piquée, cette tire ? Regarde-la de près, Antonio, elle est piquée, tu me réponds franchement ?

Je ne l'écoute plus vraiment. Je mate la chignole désignée. Sur l'aile avant droite, on a peint un trèfle à quatre feuilles, en vert pâle serti de blanc : l'emblème de la compagnie.

Je m'approche de Dutalion et l'embrasse.

Il se tait, abasourdi.

— Mais, quoi donc ? clapote le tireur, tremblant.

— Tu viens de réparer ta bévue de l'autre jour, Eloi, certifié-je en bonnet difforme.

— Mais, à cause ?

— A cause de ce petit trèfle devant lequel j'allais passer sans le cueillir.

Puis, me tournant vers la douairière pour lui montrer mon devant :

— Ah ! madame ! quel mari vous tenez là ! Soignez-le bien, surtout. S'il tousse, donnez-lui du sirop pectoral, faites-lui des cataplasmes de farine de lin richement moutardés, au besoin. Attention aux cou-

(1) Censuré par l'éditeur qui déteste les procès.

rants d'air. Et sachez qu'un petit lait de poule, à la mauvaise saison, est salutaire pour affronter les intempéries. Mais je ne saurais vous retenir davantage. Merci pour votre dévouement à tous deux, je n'oublierai jamais ce que vous venez de faire pour moi.

Ayant dit, j'ouvre la portière de la chignole et m'installe au volant sans plus m'occuper de leur éberluement. Brève inspection de la boîte à gants qui ne contient que les fafs de la guinde. Exploration des vide-fouilles. Ballepeau. Il n'y a rien non plus sur la banquette arrière.

Au tour du coffiot, à présent. Il est fermé à clé. Alors, à toi, sésame. Cric, cric, croc et crac ! Merci, m'sieur l'abbé.

Le coffiot est vidasse.

Bon, alors ?

Suis-je glandu !

Je retourne m'asseoir, rouvre la boîte à *gloves* et cramponne les papelards. Le contrat de location a été établi au nom de Flavius Tedseuquitu, sujet anglais d'origine roumaine, né à Bucarest en 1908, domicilié 120 Grattefor Street, London, descendu à l'hôtel *El Chibr* à Marrakech.

Poum ! c'est noté !

Je largue la tuture. La demie de huit heures sonne au beffroi de ma Piaget. A propos de demi, je m'en ferais bien un.

Allez, mon gars, en route pour l'hôtel !

Carrossé à neuf dans les tons pastel à rayures bleues et bleues, chemise jaune, foulard artistique, pompes de cuir bleu, un Brummell ! je me pointe dans le grand salon du *Mâ-Kâch* pour y attendre la splendide, la si brunement blonde Aïcha.

Certains esprits vétilleux me reprocheront, je pense, d'avoir un court souvenir du sexe (qui lui ne l'est certes pas) et d'oublier la belle Sirella au bénéfice de celle qui l'a en charge. Je t'objecterai que l'existence, c'est tous les jours, et qu'elle nous impose ses nécessités quotidiennes, les désagréables comme les délicieuses. Il convient donc d'y faire face, d'y faire fesses aussi, sans rechigner, car nos heures sont chichement comptées et l'homme qui l'a dans le cul, au bout du compte, est celui qui aura usé son temps à déplorer. J'appartiens à la catégorie des bâtisseurs, Dieu en soit loué pour toute la durée des représentations ! J'agis, je vis, je fais, donc je pense ! Et je pense surtout avoir raison.

Neuf heures arrivent à pas menus. Ensuite neuf heures quinze, suivies d'autres minutes impitoyables. Pas d'Aïcha. Voilà qui sent le lapin. Soit ! Je sais également me faire une raison. Il convient d'accepter avec stoïcisme la pluie, le temps qui passe, le Tampax, les rendez-vous manqués, la grève des éboueurs et le baiser des judas.

Je m'offre jusqu'à dix plombes moins un quart de patience. Une femme, surtout quand elle est jeune, belle et infirmière-chef de surcroît, peut avoir du retard. Je rêvasse languissamment, bœufé sur des coussins propices aux coïts fortuits, par temps d'orage devant feu de cheminée, tandis que ta chaîne Fifi déglutit de la belle musique Chantilly.

Je vois alors surgir un bizarre équipage. Magine-toi le Vieux, Béru et la môme Suzette, au mieux de leurs formes respectives et de leurs relations communes. La souris est entre les deux matous, chacun la tient par la taille ou sa région. Alexandre-Benoît a sa main gauche sur le valseur de la gosse, et Achille sa main droite à la base de son sein droit.

Comment, quand et pourquoi s'est opéré cet armistice ? Mystère. En tout cas, la concorde règne (y a que ce pauvre Concorde qui ne règne plus) dans l'équipe.

Ils paraissent joyeux, voire éméchés un brin et rient, comme dit le Gros, « à gorge d'employé ».

Je laisse passer mes extraterrestres (O.V.N.I. soit qui mal y pense) sans solliciter leur attention. Une paix à trois est si rare qu'on doit la respecter.

Ils se rendent à la salle à manger, toujours rigolant et s'exclamant.

— Vous paraissez bien seul, ami fidèle ! me dit alors une voix plus suave que la brise du crépuscule sur le pubis d'une jouvencelle en cours de masturbation languissante.

Je découvre l'émir Kohnar, debout près de moi, les mains chastement croisées à la hauteur de son auguste pénis.

Me dresse pour la révérence Grand Siècle.

— Mes respects, Votre Inimaginable Majesté.

— Venez-vous rompre le pain et le sel avec moi, comme l'on dit dans votre pays ?

J'hésite. Mais le moyen de refuser une pareille invite ?

— Ce sera un grand honneur, Votre Rutilante Majesté.

— En ce cas nous allons goûter le nouveau caviar que le bon Khomeiny avec lequel j'ai toujours eu des relations cordiales, vient de m'adresser.

Suivis du secrétaire privé, nous gagnons un petit salon jouxtant la salle à briffer où de la vaisselle de vermeil est dressée sur une nappe brodée d'or.

L'émir me désigne le siège qui fait face au sien. Et la jaffe commence. Un peu guindée. L'émir mange le caviar avec les doigts, mais avec une telle distinction que j'ose à peine utiliser mon couvert à poisson, tant tellement ces outils me paraissent dérisoires.

— Votre enquête progresse-t-elle, ami fidèle ? me demande le Glorieux après avoir anéanti la descendance d'une maman esturgeon.

— Fort peu, pour ne pas dire pas du tout, Votre

Impensable Majesté. A cela près qu'un énergumène a tenté de m'abattre, mais Dieu et un brave garçon veillaient, si bien que c'est lui qui est passé de vie à trépas.

L'ancien monarque (dont je fais vibrer la corde) lève sur ma personne toujours présente un regard surpris.

— Qui donc en veut à votre vie ?

— Des gens qui supposent que je suis informé de choses que je devrais ignorer, Votre Mirobolante Majesté. Depuis les temps les plus reculés, des actions ont été menées contre ceux qui en savent trop long, comme nous disons en France.

L'émir me virgule un rot de force 4 à l'échelle de Roquefort. Me souvenant que la politesse exige que je le lui rende, je trouve le moyen de lui déballer un feulement, comme dans « Georgette, fille de la Jungle ».

Sa Majesté à grand spectacle hoche son auguste chef.

— Si des gens pensent cela de vous, c'est que leur supposition repose sur un élément valable, médite le vieux loukoum.

— C'est aussi mon avis, Votre Surpuissante Majesté. Ce qui m'induit à me tenir le raisonnement suivant : « Tu ne sais rien, mais on croit que tu sais ; qu'est-ce qui peut faire croire que tu sais ? »

— Et alors ? insiste mon suprêmissime vis-à-vis.

— Eh bien, j'en conclus que Mrs. Delameer est censée détenir un secret dont on redoute qu'elle ne me l'ait communiqué ; ce qui n'est pas le cas.

Un serviteur de l'émir se pointe, tenant un walkie-talkie sur un plateau d'or. Il raconte un machin en arabe. Le vieux se saisit alors de l'appareil, lequel est muni d'un petit écouteur qu'on se cloque dans une feuille, ce qui permet d'entrer en contact avec son terlocuteur sans que les personnes présentes perçoivent quoi que ce soit. Il zigougne le contacteur. Ecoute comme si le message le faisait chier abominablement. Puis il profère un mot, un seul, que je ne pige pas, coupe la communication et rend l'engin au larbin.

— La Bourse de New York n'est guère fameuse, aujourd'hui, soupire le pote en tas, désabusé.

— Nous allons vers d'autres temps, Votre Impénétrable Majesté, assuré-je en toute connaissance de cause. L'homme a commis la folie de proliférer, si bien que l'ancien équilibre est rompu. Il va falloir soit remettre le compteur à zéro, soit trouver des solutions politiques adéquates. Le temps du paupérisme est révolu, donc celui de la richesse également. Le folklore y perd, la morale y gagne ; quant à la liberté, elle cessera bientôt totalement et sous toutes ses formes, vivre dépendra d'une obéissance absolue à des dispositions rigoureuses qu'il ne sera plus possible de transgresser. Le passager d'un avion n'est pas libre, les passagers de la vie future le seront moins encore ; ils franchiront leur durée attachés à leur siège, à consommer des rations étudiées au plus juste. Nous avons survécu par nos éjaculations, nous périrons par elles ; à moins qu'on prenne les mesures qui s'imposent. Nous allons vers la castration obligatoire, Votre Chiément Belle Majesté. Les privilégiés du futur seront les porteurs de testicules. La vraie richesse résidera dans le slip, les bourses remplaceront *la* Bourse.

— Sans doute, admet l'émir (onton).

Et il ajoute, l'air dur, la voix chuchoteuse :

— Mais tout cela est pour demain, or nous vivons aujourd'hui, ami très cher.

Qu'à cet instant, la lourde de notre cabinet particulier s'ouvre dans mon dos. Une voix familière s'écrie :

— Mande pardon, j'croyais qu'c'tait les gogues !

Je me retourne : Béru !

Il s'étonne :

— Toi z'ici ! Avec le fakir ! A claper en amoureux !

Dès lors, m'sieur l'nouveau dirluche se pointe, la main tendue, naze à outrance.

— Bonjour, m'sieur l'fakir; Bérurier Alexandre-Benoît, directeur d'la police française, enchanté d'vous connaître. Dites, j'voye qu'vous êtes en train d'bien faire, les deux : du caviar plein la gamelle, tandis qu'y a des p'tits Hindous qui bectent d'la vache sacrée enragée; ben mes vieux, vous chiez pas la honte! Notez qu'le caviar, j'en fais pas des folies : j'préfère l'hareng-pommes-à-l'huile. Vous permettez?

Sans vergogne, mais avec force, il plante un siège à notre table et s'installe.

— Tu connais la nouvelle, Tonio? On a fumé le chalumeau de la paix, moi et l'Vieux. C'est la môme Suzette qu'a arrangé les bidons. A propos d'bidon, ça marche, le pétrole, m'sieur l'fakir? Faudrait voir à nous faire une fleur, la France, su' les prix. Pas agir comme les Algériens qui nous vendent plus cher qu'aux autres sous prétesque que c'est nous qu'on leur a installé la pomperie. J'te causais, Tonio : la Suzette, tu parles d'une affaire, mon pote! Tu veux qu'j'te résume en trois mots? En-ra-gée! La toute grande dévorante! Av'c mimiss, qu'à peine t'as desservi la table, tu dois r'mett' le couvercle aussi raide! Après ma feurste bénévole, l'est été chercher Achille pour qu'on entérine l'hache d'naguère. Au début, y s'est réticé un brin, tu connais sa gueule de raie? Mais elle y a montré ses jarretelles et y l'a suivie. C't'un homme qu'est comme nous autres : y raffole l'caoutchouc. On a biberonné du champ', ensute des coquetèles, et puis la gosse nous a aguichés et ça s'est fini par la monstre partie d'jambons. Eh ben, tu voyes, pour êt' juste, le Vieux, question zobanche, y tient sa place. Pas mal outillé de l'asperge, monseigneur. Et des combines à n'en plus finir. Et une vitesse d'croisade qu't'en reviendrais pas, à son âge. C't'un kroum qui tient la distance. Brèfle, nos nuages sont disciplinés et not' qualité de la vie a r'trouvé l'beau fisque.

Il a saisi mon godet de vodka, tout en parlant l'a éclusé derrière sec (1) et clape de la menteuse.

— Et côté turbin, ça boume, fiston ? interroge-t-il. Tu l'accouches au pied d'biche, not'vieux sultan ?

Complètement chlass, l'apôtre.

— Monsieur le directeur, lui fais-je, peut-être pourrons-nous remettre ce genre de discussion à plus tard, Sa Majesté Authentique n'a que faire de nos conversations de clocher.

Mon regard noir, plus que mes paroles, le ramène sur les rives austères de la conscience professionnelle.

— Bon, le Slave a de la soie, mon cher commissaire, bavoche l'Infâme.

Là, s'intercale un rot puissant auquel répond spontanément l'émir, du tac au tac.

Bérurier se dresse en titubant. Je remarque qu'il a la braguette béante comme la sortie de l'Olympia après un récital d'Aznavour. Je toussote pour mobiliser son attention, mais il est trop beurré pour répondre à une aussi mince sollicitation.

— Bon, j'me rappelle plus pourquoi t'est-ce j'ai venu vous voir, bougonne-t-il.

— J'ai cru comprendre que vous cherchiez les toilettes, monsieur le directeur ?

L'Infâme porte la main à son décolleté sud.

— Oh ! voui, c'est exaguete.

Il se rajuste.

— Je croye que j'ai plus besoin d'les trouver. Si vous voudriez bien m'pardonner, m'sieur l'fakir, j'ai dû licebroquer sous la table du temps qu'on discutait ;

(1) Il faut revenir aux convenances, de temps à autre, si l'on veut préserver sa bonne éducation.

S.-A.

mais faites-vous pas d' mouron, des tapis pareils, c'est mieux que *Pampers* avec fronces protectrices.

Et M. le directeur s'évacue.

Comme je m'apprête à déverser trois tonnes d'excuses aux pieds de mon hôte, un larbin du *Mâ-Kâch* vient m'informer que je suis demandé d'urgence à la réception.

Du geste, Sa Majesté Abasourdie m'invite à honorer cet appel.

Ce qui va arriver, dès lors, tu pourrais te creuser la tronche avec une fourchette à escarguinches pendant douze ans, tu ne parviendrais pas à le deviner.

Mais comme je ne suis pas vache, je vais t'affranchir.

Suis-moi !

LA PAIX DES MÉNAGES
L'HAPPÉ DÉMÉNAGE

Et or donc car mais, à la réception, qui trouvé-je ? Je ne te le donne pas en mille, mais en un.

La femme de service noire de l'hôpital, tu sais, la petite grosse. Elle a troqué sa blouse professionnelle contre une robe imprimée dans les tons vigoureux. Ça représente des fleurs exotiques entremêlées de lianes aquatiques, avec, pour achever de faire joli, des petits poissons parsemés et un gros perroquet jaune et vert à l'avant-scène.

La chère fille boulotte (parce qu'elle boulotte) me semble être dans un certain état de surexcitation. Je lui dépêche par courrier spécial mon meilleur sourire.

— Eh bien, ma très charmante, lui dis-je avec enjouage, vous paraissez tout émue ?

Ce disant, l'alarme me vient à l'œil. « Seigneur, me dis-je, Sirella serait-elle décédée, et serait-ce cela que viendrait m'annoncer cette noire jouvencelle de chez Olida-Dakar.

— C'est mademoiselle Aïcha, dit-elle.

— Quoi, mademoiselle Aïcha ! m'écrié-je comme dans une pièce d'amateurs, afin de donner plus de prix à la réplique qui va suivre.

— Elle m'a appelée par la fenêtre, parce qu'on habite la même maison.

— Et alors ? poursuis-je, avec force, tel M. Salvador quand il interprète Zorro.

— Elle m'a crié que j'alle la voir. J'y suis été.

— Et aloooors ?

— Sa maman était très très malade et elle aussi, mais un peu moins.

— Et alooooooors ?

— J'ai demandé de l'aide. On a transporté la maman à l'hôpital et Aïcha est restée dans sa chambre. Elle m'a demandé de vous prévenir, et de vous dire comme ça qu'elle voudrait vous voir.

— Retournez auprès d'elle, mon petit bout de zan, et assurez-la que j'arrive. Quelle est son adresse ?

— C'est le grand immeuble neuf, derrière la palmeraie, au bout de l'avenue El Chan Zélizé, au quatrième, mamoiselle Aïcha Choukroût.

Son message étant délivré, la môme se retire presto.

Je regagne l'illustre table pour déposer mon modeste cul sur le siège qui lui fut proposé. Sa Branligotante Majesté continue de tortorer du bout des doigts, des lèvres, des gencives.

Je me confonds en excuses racées.

— Un message important, Votre Odorante Majesté. Et qui va me devoir faire quitter votre chiément fabuleuse table, avec votre augustissime permission dorée sur tranche, à bien entendu, saleur !

Le monarque déboulonné m'adresse un geste que, s'il était archevêque au lieu d'émir au chômedu, tu pourrais le prendre pour une bénédiction toutes catégories. Je baise sa main en peau de lézard, me prosterne seize fois en direction de La Mecque, douze en direction du mec, et mets les adjas.

Dans une grande salle à manger voisine, le gai trio, déchaîné, en est aux *Matelassiers*. Bérurier vocifère les couplets, tandis qu'Achille et leur égérie reprennent au refrain. Belle ambiance, que je ne saurais troubler. Aussi m'esbigné-je délicatement.

La femme de service noire est déjà sur place. C'est elle qui m'ouvre la porte. De grosses belles larmes brillantes coulent sur son visage sombre.

— Ça ne va pas ? m'inquiété-je.

— Elle a perdu connaissance. Je vais aller téléphoner à l'hôpital pour qu'on vienne la chercher aussi.

La fille pose sa chère dextre sur mon admirable avant-bras, dit bras d'honneur.

— Et moi ça me prend aussi depuis que je suis arrivée.

— Qu'est-ce qui vous prend, ma gazelle bleue ?

— Dans la tête, c'est « ouïe, ouïe », comme si on m'enfoncerait une grande fourchette dans le cerveau.

Je songe, *in petto* (car elle ne comprend pas l'italien, Dieu merci bien) qu'il faudrait que les dents de ladite fourchette fussent rudement fines et acérées pour arriver à se planter dans une chose aussi menue.

Mais le temps des gouailleries n'est point encore revenu. Nous vivons un drame, il convient de lui faire front.

— Où est Aïcha ?

— Dans la chambre.

— Et où est la chambre ?

— Dans le living.

— Allez respirer à l'air libre, mon enfant.

Pourquoi ai-je décidé de la sorte ?

Parce que mon instinct ne se trompe jamais. Ou rarement, et en cas d'erreur j'ai le droit de faire appel à tous. San-Antonio, tel un cheval sauvage, se précipite dans le logis. Exigu, mais coquet. Il comporte une assez vaste pièce pourvue de deux renfoncements servant de chambre. Une salle d'eau, une entrée-kitchenette. L'essentiel.

La môme Aïcha gît sur une couche basse. Son souffle est encombré de râles. Elle a les yeux révulsés.

« Seigneur, me dis-je, car je m'interpelle volontiers

dans les cas d'urgence, il y a quelque chose dans cet appartement qui y fout la mort. Dix secondes pour le découvrir ! »

Je pirouette sur un seul talon, admirable pivot autour duquel ma personne accomplit trois cent soixante degrés sans escale ni coup férir.

Vu ! C'est là, c'est beau, c'est énorme.

Je me précipite alors sur la gosse, la prends dans mes bras pieuvresques, me sauve sur le palier. Au bout du couloir : l'ascenseur. Je descends ma jolie Aïcha dans le hall où de magnifiques plantes grasses font semblant d'être fausses. Une banquette de rotin. Je l'y dépose. Son pouls est chamadeur à outrance. Des gens se la radinent, la petite femme de service en tête, qui dit qu'elle se sent mieux, preuve que son nez fonctionne. Elle a déjà rameuté l'hosto et une ambulance va se pointer.

Le gars mézigue, fils unique, aîné et préféré de Félicie, s'émoustille. Je remonte à l'appartement, en prenant grand soin, lorsque je m'y trouve, d'établir un courant d'air et de garder mon mouchoir devant mes voies respirantielles. J'explore, d'une main, le secteur de mort. En deux attentats trois mouvements de foule, j'ai trouvé. Bravo, San-Antonio !

Je sors dans la merveilleuse nuit marocaine, si richement cloutée d'étoiles, comme ça s'écrivait dans les books du dix-neuvième. L'air tiède sent le jasmin et les pieds, la fleur d'oranger aussi, un tantisoit.

Par quoi continué-je ?

Mentalement, je récapitule les multiples périphéries de la journée. T'as que l'embarras de voitures du choix, mecton. Tiens, si je m'offrais une mignonne virouze à l'hôtel *El Chibr,* pour dire ?

L'hôtel *El Chibr,* tu te rappelles ? Il figure sur les fafs de location de la voiture de mon vénérable tueur. Son nom, à cézigue ? Du moins son nom opérationnel, tu te le souviens ? Roumain. Flavius Tedeseuquitu. Né en 1908 à Bucarest (Puy-de-Dôme). Domicilié à London, 120 Grattefor Street. Tout dans le citron, l'Antoine. Pine et mémoire d'éléphant, tels sont ses atouts majeurs pour affronter l'Asie Mineure.

Je déhotte devant un établissement ultra-moderne qui s'inspire vaguement du style marocain, mais interprété dans le verre et le béton. Le concierge, derrière son bioutifoule comptoir en forme de rose des sables stylisée, paraît interpréter, lui, une féérie pour matinée de Noël, avec son uniforme bleu clouté d'or, son jabot jaune pâle, ses cheveux gris mousseux et sa tronche d'ancien boxeur arabe reconverti dans l'hostellerie.

Je lui réclame M. Tedeseuquitu.

Il virgule un œil à son tableau de marche.

— Chambre 41, mais il n'est pas rentré, m'avertit-il (ou Néfertit-il, s'il est égyptien).

Là-dessus il laisse tomber son nez en forme de tubercule malmené sur de la paperasse.

Je fais mine d'attendre un peu, puis m'abstrais pour gagner le couloir des chambres, car cet hôtel est de plain-pied et décrit un double vé dans une palmeraie enrichie de rosiers et de jasmins.

Le 41 paraît n'attendre que mon sésame. Je l'ai échappé beau (je ne suis pas celle que vous croyez pour l'échapper « belle ») car, de plus en plus, dans les nouveaux complexes hôteliers, les lourdes s'ouvrent à l'aide de cartes magnétiques et tu peux toujours te carrer ton passe dans le fion.

Chambre gaie, d'un luxe limité au fonctionnel chatoyant. Mobilier design, réfrigérateur, télé, radio incorporée ; posters sublimes représentant le Sud marocain.

Je me dirige vers le dressinge, sorte de sas entre chambre et salle de bains. Et je me fige, ahuri.

Cela produit toujours un certain effet que de se trouver nez à nez avec soi-même.

Or, je suis là, grandeur nature, punaisé sur la paroi. La photo en pied a été prise devant le *Mâ-Kâch,* je reconnais l'écusson de mon palace, en fond flou. En fait, il y a deux images de moi : celle qui me représente de trois quarts et en pied, et une autre montrant seulement ma tête, mais considérablement agrandie. Grâce à la démesure, rien n'est perdu de l'harmonie de mon visage, non plus de l'intelligence qui en rayonne (ou en fibranne, au choix). Chose curieuse, je fixe l'objectif en plein dans les yeux, si j'ose dire. Or, je ne le voyais pas, ce qui prouve que le photographe clandestin usait d'astuces éprouvées.

— Oh ! c'est vous ! s'exclame une voix aussi féminine que britannique.

Je volte-face.

Pour découvrir une mignonne créature d'un mètre cinquante, blonde, avec le regard noir, vêtue d'une robe rouge fendue de côté comme une châtaigne au four. Elle est moins jeune que sa petite taille gracieuse ne le laisse supposer. Ma présence ne la déroute pas outre mesure. Elle me sourit d'un petit air fripon, tu vois ? Avec juste un côté de la bouche. J'ai dans l'idée que ce petit lutin, quand il se met à t'escalader les gréements, t'as plus envie de faire la Transat en solitaire. C'est de la petite guenuche d'amour, ça madame. De la salope mignonnette. Maquette de dévoreuse. Tu la juches sur ta biroute : t'en fais une girouette. Et qui tourne parfaitement, au gré de ton caprice : est-ouest, d'un léger coup de paluche aux noix, vzoummm ! valsez les miches ! Elle pas-de-visse en gloussant. Quand t'entends la sonnerie, c'est qu'elle est parvenue au terminus.

— Qui êtes-vous ? lui demandé-je.

— Véra Tedeseuquitu. Mon père est à la salle de bains ?

— Heu, non, je ne pense pas. Vous me connaissez donc ?

Elle pouffe et montre les deux grands portraits.

— Ce serait malheureux.

— Pourquoi ces photos ?

— Daddy procède toujours ainsi avant d'entrer en contact avec la personne qu'il doit interviewer.

Hé ! dites, les gars ; j'ai l'impression que les sustentes du parachute de ma compréhension s'accrochent aux branches d'un fraisier. Je considère le joli bibelot aux grands yeux noirs de bohémienne tinorossienne.

— Que fait-il, votre papa ?

— Il travaille pour le *Corner*, un magazine littéraire britannique. Il écrit de longues interviews sur les personnages les plus divers. Ne me dites pas que vous l'ignoriez ?

— Ma foi, je l'avoue.

— Il devait vous rencontrer aujourd'hui ?

— Heu..., eh bien, je, j'ai eu un contretemps...

— Mais alors, où est-il ?

— Je l'ignore, mens-je.

— Et vous, pourquoi êtes-vous ici ?

— Parce que j'ai trouvé un message à mon hôtel, me priant d'y passer.

— Et la porte de sa chambre était ouverte ?

— Oui, c'est pourquoi je me suis permis d'entrer.

— En ce cas, *dad* va arriver, il est sûrement dans les parages.

Bon, le sac de nœuds ne s'aggrave pas pour l'instant. J'ai le temps de souffler.

— Vous disiez que votre père avait pour habitude de contempler les photos de ses... clients avant de les contacter ?

— C'est sa méthode. Il capte ainsi leur personnalité, et ensuite l'entretien devient facile, prétend mon père.

— Vous l'accompagnez toujours dans ses déplacements ?

— A l'étranger, oui. Il se fait vieux... Il m'a eue sur le tard et il m'adore. Nous formons une espèce de couple, lui et moi, vous comprenez ça ?

— Très bien, avoué-je sincèrement, en lançant une pensée tendre à ma Félicie par-dessus la Méditerranée.

Le cas est éberluant, non ? Le vieux tueur largement septuagénaire qui va remplir ses contrats, méthodiquement, en compagnie de sa fifille venue au crépuscule de sa vie. Elle l'attend à l'hôtel, le choie, le dorlote. Lui, il va perpétrer ses interviews, vieux monsieur un peu solennel et gourmé. La canne truquée : poum ! Ensuite il s'esbigne. Les témoins racontent qu'ils ont vu un type « déguisé » en vieillard. Marrant ! Superbe ! T'aimes ? Je te l'offre !

— Vous n'êtes pas mariée, si je comprends bien ?

— Non, un jour peut-être, quand papa m'aura quittée.

M'est avis qu'elle va pouvoir convoler d'ici peu.

— La... heu... solitude ne vous pèse pas, miss Tedeseuquitu ?

Son sourire coquin remonte à ses lèvres. Ses yeux s'éclairent au braquemard fluorescent.

— Je fais des tas de rencontres intéressantes, mais sans lendemain. Pour l'instant, je m'en trouve bien.

— Qu'appelez-vous des rencontres intéressantes ?

Elle plante son regard hardi dans le mien qui commence à se voiler.

— Vous voyez ce que je veux dire ? Un bel homme passe par là, comme vous en ce moment. Il me plaît, je le lui fais comprendre. Si je lui plais aussi, il me le fait comprendre. Tout va très vite, très bien ; je hais les simagrées. La plupart des gens se croient obligés de jouer toute une comédie avant d'arriver au même résultat ; c'est déshonorant, vous ne trouvez pas ?

L'hypocrisie bafoue l'acte d'amour qui est noble et franc.

— Exact, fais-je en la saisissant aux épaules.

Ses ravissantes petites mains de pianiste sur zobs me foncent droit au siège de l'amour-propre. Mon sésame, c'est les serrures, ses menottes, c'est les braguettes. Quelle technique ! Rapidité, précision, pas de temps mort, d'accrochages, de faux mouvements. Net et sans bavures (pour l'instant).

Elle me dédouane Popaul au port franc, le temps que ta grand-mère diabétique met pour sucrer son café. Elle s'exclame de ravissement devant un si beau bébé joufflu, bien portant, qui se tient droit comme un héron emmanché d'un long cou sur sa grosse papatte. Déjà en pleine croissance et excroissance, vigoureux, tambourinant la harde, à dodeliner comme la tronche à la tortue articulée. Oh ! le joli bibelot pour cette femme-enfant. Comme elle va bien jouer à la maman avec ce ravissant baigneur. Lui donne de grosses bisouilles humides sur ses bonnes joues. Lui gazouille des gentillesses, promesses et presque des serments déjà.

— Laissez-moi faire, laissez-moi faire, qu'elle me supplille, la belle chérie.

Tenant ma camarade zifolette par le goulot, elle m'emporte jusqu'à la chaise la plus voisine. S'y agenouille comme pour élever son âme ; mais non : il s'agit de seulement de son exquis dargif pommé, faut un début à tout. Combien ont commencé par se préoccuper de leurs miches pour, ensuite, pouvoir contenter leur âme à culotte reposée ? L'existence prend les pires chemins, qui tous, tu le veux ou pas, te conduisent rémédiablement à Rome (Saône-et-Loire).

Là, donc, mon petit oiseau gligli se juche en équilibre peu stable, mais elle est si souple et légère...

Cannes parenthésées, elle plonge sa main sous cette arche de triomphe pour m'aller cueillir la camarade à l'œil en amande, me l'attire irrésistiblement jusqu'à son jardin d'éden. Suivez le guide ! T'as plus qu'à faufiler. Un petit coup en flâneur, pour dire de reconnaître les lieux. Impec. M'est avis que le séjour ne manquera pas de charme. Elle t'arrime l'extra-terrestre façon casse-noisettes, cette merveille. Le coup du sabot de Denvers (Calvados) ; elle assure sa prise en goupillant hermétiquement le sas. Bon, moi je suis de plus en plus partant, ou plutôt « arrivant ». Un lutin d'amour pareil, tu peux tout espérer, tout accomplir. C'est le bonheur-banane, comme je dis puis à mes potes de Bourgoin-Jallieu (Isère). Le bonheur-banane, c'est quand tout ton potentiel d'énergie, toutes tes perspectives du moment, tout ton devenir inaltéré, résident dans ce muscle délicat que le Seigneur nous a accordé, à nous autres, mâles d'espèce divine, pour fourrer qui de droit, qui de gauche et surtout qui du centre.

La fifille au vieux journaliste-tueur sait ce qu'elle veut, le réclame et l'obtient. Moi, tu me connais sur le bout du nœud ? Eh bien, jamais encore je n'ai été le partenaire d'un tel numéro de haute voltige. Tu me crois ? Jure-moi que tu me crois, sinon je ne te dirai plus rien, ne voulant pas partir en cinocherie pour des sceptiques irrécupérables, toujours à ricaner sur tout et le reste, qui te brandissent leur incrédulité comme si c'était une glorieuse bannière flottant au-dessus de leur connerie pour la transmuter en intelligence de bistrot.

Bon, puisque tu me donnes ta parole (je n'exige pas ta parole d'honneur, tu ne saurais pas de quoi je parle) de considérer comme authentiques les faits ci-dessous, je te les fais part, en espérant que vous ferez bon ménage, eux et toi et que vous aurez de nombreux z'enfants.

Lorsque je suis dûment installé dans l'entresol de mam'zelle Bout-de-Chou, tu veux que je te dise tout ?

Elle me noue ses gambettes à la taille, puis, follement téméraire, largue la chaise.

T'as bien lu, Bazu ? Elle n'a plus d'autre point d'appui que moi. Atlas ! Atlas devant l'Atlas ! Fresques !

— Tournez ! Tournez ! elle écrie.

Du cirque, je te dis ! Barnum !

Docilement, j'amorce un arc de cercle.

— Plus vite, plus vite !

J'accélère. La force centrichose se met de la partie. Il s'ensuit un phénomène pousso-contracto-coïto-pétardant qui fait brailler la gosse comme le son du boa au fond du corps d'Alfred (pas le Capricieux, l'autre, le grand veneur).

Soucieux de parfaire et d'assister, je lui prends les mains. Arc-bouté je monte la giration. Le grand frisson ! Foire du Trône. Vzoooouuuu Vzoooouuu ! Mon manège à émoi, sétois, que dit mon cher Constantin. Valsez, saucisse ! Une, deux trois ; une, deux trois ! Encore ! A l'envers, maintenant !

— *Yes ! Oh ! Yes, again !* elle clame, la nière.

Bon, si ça l'amuse, moi je veux bien.

Elle enchaîne :

— Attention, je vais lâcher les jambes.

Et c'est vrai. La voilà qui dénoue ses flûtes mutines de mon autour. Les recroqueville en position de fœtus (c'est une femme foetale). Elle est de plus en plus mignarde, la gosse.

— Attention, je vais tourner sur moi-même, qu'elle r'annonce.

Ses doigts se décroisent des miens. Non, je rêve ! On va vers l'impossible, les gars ! Reusement que ma présence d'esprit est accompagnante. J'imprime la rotation de mes mains libres en exerçant sur ses jolies fesses une poussée de gauche à droite égale au poids du liquide déplacé. Et on entre alors de plein cul dans le système solaire, mon bon ami. Véra, tu sais quoi ?

L'exclamation de Galilée emprisonné pour avoir su avant tout le monde (y a rien de plus condamnable ici-bas) me monte au cerveau : « Et pourtant, elle tourne ! »

Oui, ce délicat petit être, cette fille si menue qu'en étant un peu moins grande elle aurait pu être naine, cet objet d'art vivant, salope de haut niveau, me tourne autour du zigomar à empennage scabreux (non, vraiment, c'était pas l'empenne, non vraiment c'était pas l'empenne, c'était pas l'empenne assurément, de changer de gouvernement).

Fou, non ? Oui, bon !

Je t'avais dit qu'il fallait beaucoup de conviction profonde et de confiance en ton Sana pour croire une connerie pareille.

Mais alors, mais alors là, mon Gaston de bois, de fer ou de carton, mais alors alors, on touche au sursublime, à l'hypersuper, au Mitterrandisme absolu, au Giscardisme total, au Chiraquisme de pointe. Bon, dans l'Histoire de l'humanité, y a eu quoi ? La roue, le feu, le fer, la pénicilline, le Coca-Cola et, tu veux que je lâche le tout grand mot ? Et *ça*. Oui, ça, je l'écris en toutes lettres, déplorant que le mot n'en comporte pas davantage pour l'affirmer plus copieusement. Ça ; ce vertige, cet exploit, cet effarement sexuel, ce débordement intensiel. Ça : elle, moi, son cul, mon paf, nous quatre, eux deux, et des lois physiques qu'Archimède, je lui pisserai au cul, tout de suite après que j'aurai récupéré mon matériel de miction dangereuse, provisoirement adapté à du plus noble, à de l'in-fer-nal, voilà les trois mots que je cherchais. Satan conduit le bal, le trou de bal, je sens bien. Je l'entends ricaner !

Non, c'est la sonnerie du téléphone.

Nain porte. Qu'il gredouille, tintoche, vrillonne. Je refuse, le téléphone, je sodomise Graham Bell.

Ça berlute un bon moment. Puis plus rien. La môme fait encore l'hélice un instant. Mais l'immense cri qu'elle libère me donne à penser que le vertige qui suivra ne sera plus que du tournis. Alors je dégage les aérofreins.

Holà ! Mollo ! Doucement ! Tout beau ! Là, là... Gentil. Hop ! Terminé !

Galant de bout en train, je vais déposer miss sur un canapé pour lui rendre congé. Pas brutal, tout dans le suave. Je pense à la reine d'Angleterre, moi. Je me dis, comment comporterais-je, s'il s'agissait d'elle si glorieuse ? Alors, hein : piano. Merci ! Ça va. Pas trop meurtrie ? Un peu de scotch pour retrouver des pulsations normales ? Deux doigts ? Dans quel sens ? Comme d'habitude ? Et ce fut convenable, ma chérie ? Juste comme vous aimez ? A la limite de la prouesse, avec un zeste de soudardise ? Bravo !

Et, peu tout de suite après cette mémorable séance patronnée par Moulinex, le bigophone remet la gomme.

— Répondez, *please,* demande la chevrette brisée.

Je décroche.

— Allô ! me dit une voix, ici le concierge, pourrait-on informer miss Tedseuquitu que deux policiers sont dans le hall, qui désirent lui parler ?

— Miss Tedseuquitu est en train de se rafraîchir la babasse, concierge, réponds-je. Elle en a pour quelques minutes, veuillez prier ces messieurs de l'attendre au bar, elle s'y pointera dès le dernier coup de serviette nid-d'abeille donné.

Je raccroche, soucieux, à présent, d'accoucher la mutine de ce qu'elle pourrait m'apprendre.

Elle est lovée sur le canapé, le joufflu toujours à l'air, délicat, préhensile comme une main d'homme ou une queue de singe, à moins que ce ne soit le contraire.

— Qu'est-ce que c'est ? soupire la vaporeuse.

— Des gens qui vous demandent.

— Ce doit être de la part de papa ?

— C'est très possible. Mais dites-moi, ma raffinée, vous ne rencontrez jamais personnellement les gens que votre cher vieux papa a charge d'interviewer?

— Oh! non; j'ignore qui ils sont la plupart du temps. Vous, par exemple, daddy m'a dit que vous apparteniez à la littérature française et que vous étiez l'un des cinq grands écrivains de ce siècle.

— Les quatre autres étant? ne puis-je me retenir de bougonner, déjà sur le qui-vive.

Tu nous connais, nous autres, littérateurs : toujours jalminces des lauriers d'autrui, soucieux de ne pas se laisser enfermer dans n'importe quel tabernacle. La gloire, d'accord, mais sans partage, ou alors demander les fafs des autres, savoir s'ils sont qualifiés.

— Daddy ne l'a pas précisé.

— Il aura voulu parler de Proust, Céline, Dutourd et Cohen, conclus-je, encore que Proust, hein? La place de la Madeleine, ça commence à bien faire. Donc, en réalité vous ignorez le comportement professionnel de votre papa?

— Je ne le connais qu'au niveau des préparatifs.

— Vous voyagez beaucoup?

— Dans le monde entier.

— Vous lisez ses articles du *Corner?*

— Le *Corner* est une revue littéraire vendue uniquement par abonnement, mon père qui est la modestie même refuse de le recevoir.

Pas curieuse, fifille. Nympho, mais laissant licebroquer le mérinos. Femme-jouet, femme-d'amour. La toupie ronfleuse, O.K., m'sieur Jules. La vie d'hôtel : banco! Pour ce qui est du reste, elle s'en remet à son vieux. Dis, elle va y trouver une paille, à présent que la voilà orpheline.

Gentil couple : le dabe et sa jeune fille. Bon chic, bon genre britannoche. Flanelle de qualité, maintien, carabine truquée. Thé à *five o'clock*. Mam'selle se fait bourrer pendant que le *father* remplit ses petits contrats jolis. La vie est chouette.

Et puis crac! le grain de sable. Un branque de

pseudo-détective privé qui ne sait pas utiliser sa pétoire, et tout est foutu ! La môme Véra plonge la tête la première dans le malheur. Elle va retrouver dans un instant les pénibles réalités.

— Bon, vous devriez descendre au salon rejoindre ces policiers.

Elle écarquille.

— Des policiers ?

— Il paraît !

— Mon Dieu, serait-il arrivé quelque chose à mon père ?

Je regarde ailleurs, qu'à quoi bon la réconforter puisque le chagrin est déjà à l'affût à quelques mètres de là. Elle va mettre un peu d'ordre dans sa mise (et c'est pile le mot que j'aurais choisi s'il ne s'était imposé à moi) tandis que je m'hâte de dépunaiser mes portraits pieds et face. Je les roule pour les emporter sans attirer l'attention.

Véra s'élance hors de la salle de bains. J'attends qu'elle ait pris quelque avance et je me carachose à mon tour.

Mais comme je m'apprête à passer le seuil, le téléphone retentit pour la troisième fois. Mon hésitance est de choucroute durée. En trois enjambées, je vais au combiné et le défourche.

— J'écoute ?

— Flavius ? demande une voix basse et anglaise.

— *Yes,* mens-je brièvement.

— Où en sommes-nous ?

Je ne perds pas de temps à composer un beau texte claudélien.

— *It's right !* je soupire.

— *No problem ?*

— *Never* (Nièvre).

Et je risque, baissant le ton :

— Il serait indispensable que je vous voie.

— Il vaut mieux pas.

— C'est capital, je ne peux pas parler de ça au téléphone.

— Bon, en ce cas vous savez où me trouver !

Et le gus raccroche.

In the babe, comme disent les pâtissiers londoniens.

Je dépote mon jacteur et forme le numéro du standard. Une voix de très jolie jeune fille brune avec un grain de beauté sur la joue gauche et un autre en haut de la cuisse droite, me demande ce que je désire.

— Ici l'appartement 41, je viens de recevoir un appel téléphonique dont j'aimerais connaître la provenance.

La jeune fille du standard à la robe verte pépie :

— Les chambres sont équipées de lignes directes, monsieur, il n'est pas possible de déterminer l'origine des appels.

— Merci, ma jolie.

Pour dire de, je vais explorer l'armoire du vieux, ainsi que sa valtoche. Dans la poche à soufflet d'icelle je découvre un gros rasoir électrique pouvant se transformer en pistolet, le cas échéant. Sinon, rien de particulier à signaler.

Je me masse la nuque, perplexe.

Ce coup de grelot ? Probablement un complice du vieux ? Son commanditaire, peut-être même ? Il croit que le contrat a été rempli. Il pense que je suis clamsé et que pépère projette encore de devenir centenaire. Putain d'Adèle ! Si je pouvais au moins savoir où il crèche, ce gonzier. Je ferme les châsses et rembobine la bande son pour me faire repasser sa voix, de mémoire.

Faisons l'autopsie de cette voix, si tu le veux bien, et si tu ne le veux pas, va t'acheter des fraises, il doit rester du sucre en poudre dans le placard.

Primo : voix britannique. Indiscutable.

Deuxio : voix placide de quelqu'un qui ne s'émeut en aucune circonstance.

Troisio : voix un tantisoit grasseyante. Son propriétaire est soit un homme enrhumé, soit un homme fort.

Bon, ça nous mène à qui, ça ? T'as pas une petite idée ? Avec ma pomme, t'as pourtant toujours été à bonne école, non ?

Eh oui, mon chérubin, eh oui : je ne puis m'empêcher de songer à Adam Delameer, ce gros faux mort presque veuf, devenu homme zéro sous l'identité provisoire du docteur Jess O' Meil.

Alors, tout naturellement, au lieu de m'en vatre (ou de m'en aller, au cas où tu pigerais pas mes lubies), je m'installe dans le fauteuil, le biniou sur mes genoux, l'annuaire de Marrakech ouvert sur la table basse en verre fumé.

Rubrique des hôtels. Partout j'attaque de la même manière incisive, canine et presque molaire :

— Docteur Jess O' Meil, s'il vous plaît !

D'un ton tellement péremptoire que même s'il n'est pas laguche, le bon doc, faut me le passer, sinon je casse.

Et pourtant, partout c'est la ritournelle :

— Comment dites-vous ? Jess O' Meil. Attendez, je vérifie...

Le petit moment mesquin, pour moi plein de suspense, puis la voix de mon correspondant :

— Nous n'avons pas de client à ce nom, je regrette.

Et moi donc ! Qu'est-ce qu'ils m'en ont foutu du faux docteur Jess O' Meil, les gars de Marrakech, tu peux me l'apprendre ?

Je fais tous les hôtels, par ordre alphabétique, et puis les établissements inscrits à « Résidence », les autres marqués à « Club-houses », et encore des machinchouettes pouvant prêter à confuse : nibe ! j'ai pas beau chpile, ce soir, mes braves. Savoir que cette grosse lope d'Adam attend le défunt tonton flingueur à quelques encablures et que je m'enrage à deviner où se peut-il bien être, merde !

Ayant tout passé en revue, je m'affale, bras en croix, gosier sec comme les semelles du mec venant de traverser le Sahara à griffes. J'ai le tournis. Un écœurement physique et moral. Tout ce bigntz, tous ces gens cramponnés à un mystère, et qui butent et qui trichent, s'engueulent, se réconcilient pour mieux s'arnaquer tout de suite après. Des tueurs, des viceloques, un monde noir et gonflé comme un énorme nuage d'orage bourré de merde et d'électricité bien féroce, prêt à déclencher des cataclysmes, à semer foudre et terreur. C'était pendant l'horreur d'une profonde nuit...

D'abord, tu te berlures pas, mon Tonio, en estimant qu'Adam Delameer est descendu dans un hôtel ? Et s'il l'a fait, tu t'imagines qu'il aura conservé le blaze sous lequel il s'est annoncé à l'hosto pour visionner sa rombière ? Docteur Jess O' Meil, sujet irlandoche, ça allait chez les blouses vertes, ça tombait dans le canevas. Mais *after,* redevenu simple citoyen anonyme, il va se la trimbaler, cette identité bidon ? A d'autres ! Ton gonzier, bout d'homme, il est dans une crèche privée, avec un nom inconnu. Peut-être est-il logé par le consul de Grande-Bretagne ?

Je pense au vieux tueur. Probable que pépère avait ses cas. C'était pas n'importe quel tueur à gages, le Roumain. Mais un spécialiste, un technicien, kif les accordeurs d'orgues (merci, facteur, à demain !). Il devait réserver son savoir à la Maison I.S., London (Nièvre). Ne faire que des extra délicats. Un maniaque du boulot. Son coup des photos en pied, longuement étudiées avant l'entrée en campagne, prouve une nature méticuleuse, un maître ès gâchette.

Ma pensée papillonne, retourne à Aïcha et à sa *mother.* Elles ont bien failli y passer, et ce de manière peu banale. *Pour un rien;* parce que m'selle Aïcha est une fille aimante. Tu voudrais savoir, mais je te raconterai plus loin, si Dieu me prête vie jusque-là.

Chaque rose en son champ; chaque chose en son temps, disait le bon François Mitterrand au temps qu'il était président de la République (1).

La porte brutalement déponnée va écailler le mur de son loquet de laiton.

Véra se tient dans l'encadrement, tragique. Tu croirais une petite louve enragée. Elle a plus de lèvres : juste des chailles pointues, carnassières en plein. Ses pommettes, franchement, sont comme celles d'un loup. Et son regard ferait glaglater le petit Chaperon Rouge, sa grande vioque et le garde forestier. Du feu ! Deux traits de feu. Telle, je m'attends à un hurlement. Et puis qu'elle se précipite sur moi pour me dévorer en commençant par les bas morcifs, comme le font la plupart des fauves...

— Vous le saviez ? elle murmure dans un souffle.

Il est des situasses où le mieux affranchi des mecs, le plus dégagé, n'a pas la force de bonnir des vannes.

— Oui, fais-je, je le savais.

— Salaud, sale salaud, et tu m'as enfilée au lieu de me le dire ?

— C'est vous qui m'avez sauté dessus, rappelez-vous.

— Tu y étais ?

A cet instant, je lis sur sa frite que foin du fameux reporter et des articles littéraires. Interviews, mes deux chéries ! Journaliste, mon cul ! Elle est parfaitement au parfum de ce que goupillait son dabe. Peut-être qu'il lui racontait des salades auxquelles elle feignait de croire, mais *elle savait.*

— C'est en essayant de me liquider qu'il s'est fait

(1) Il arrive à San-Antonio d'opérer des projections dans le futur et, conscient qu'il est de la relativité du temps, de parler du présent au passé, ce qui, tu le constateras, n'est qu'un gag très fugace.

XXX

(De l'Académie française).

allonger, Véra. J'aimerais vous dire que ça me navre, mais si ça s'était passé autrement, je ne serais plus là pour en parler ; malgré votre peine, je vous assure qu'il avait mieux que moi l'âge de faire un mort. Ce sont les risques de son dur métier.

Mon cynisme n'accroît pas sa rage froide. Un paroxysme, tu peux plus le gonfler puisqu'il est par définition « à bout ».

— Qui l'a tué ?

— Un tueur.

— Mais encore ?

T'as entendu parler de Machiavel (1469-1527) ? Pour cézigue, le but à atteindre primait la morale. C'est sa pensée tortueuse qui me souffle une bizarre bizarre réponse.

— Un gros type, les cheveux grisonnants, avec des lunettes cerclées d'écaille et une forte moustache. Il se tenait au volant d'une voiture et a tiré sur votre cher papa. Je me suis jeté à terre.

Et voilà le turf, mon gentil mec. J'ai semé mon grain, faut laisser germer la récolte. A moins que ça ne donne rien...

Ce que je viens de déclarer à la louvette, de mon ton le plus spontané, le plus con vingt camps, paraît lui entrer dans le cigare en faisant le grand tour. Elle marque un break, hoche la tête, murmure :

— Mais non, non, c'est impossible.

— Qu'est-ce qui est impossible, petite ? Vous y croyez encore, vous, à l'impossible ?

— Mais ce serait... illogique.

— Vous y croyez encore, vous, à la logique ? Vous trouvez que les hommes et leurs actes concordent, qu'ils alignent leur vie sur leurs paroles ? Bref, qu'ils sont ce qu'ils prétendent être ?

— Mais... mais pourquoi l'avoir fait venir ici, pourquoi ?

Je place, innocemment, ma botte secrète (et tu sais que la botte, ça me connaît !).

— Les desseins de l'I.S. ont de commun avec ceux de la Providence d'être impénétrables, Véra. Dans un certain milieu, les limites n'existent plus et nous devenons tous des daltoniens aveugles, comme l'a écrit votre grand Shakespeare.

— Comment se fait-il que vous ayez vu cet homme ? questionne la miss Hélice en objection suprême.

— Quand un gus sort à demi d'une portière de bagnole avec un canon de pistolet sur son bras replié et qu'il ajuste une cible, on a tendance à le regarder, non ?

— Vous avez parlé de l'I.S., vous connaissiez donc cet homme ?

Moralement, je me mords les lèvres, et même les dents, ce qui est autrement plus délicat. Tu causes, tu causes, mon Antoine. Trop ! Le verbe s'est fait cher.

Prompto je retourne le jeu :

— Dites, mignonne, depuis le meurtre, je ne suis pas resté les deux pieds dans le même sabot. Si les services britanniques ne sont pas manchots, les services français ne sont pas culs-de-jatte. J'ai virgulé quelques coups de téléphone qui valaient le prix de la communication.

La petite louve émet une sorte d'étrange plainte. Elle passe dans sa chambre, va prendre un sac du style bandoulière, s'en harnache.

— Venez !

— Où ça, mon cœur ?

Elle soulève le rabat de son sac et me montre un flingue tout bizarre, plat et gris, avec une espèce de cellule érotico-poldève encastrée.

— Regarde, charogne ! me dit-elle.

Elle braque l'espèce de chose sur un abat-jour. Une vilaine odeur se répand et l'abat-jour devient gros comme deux chips calcinés.

— Tu as compris, si tu bouges, charogne ?

— Ma chère petite, balbutié-je, un peu pâle de la gargue, j'admire cette technique de pointe, mais puis-je vous faire observer que dans toute cette histoire je ne suis qu'une victime miraculée ? Vous me peinez outrancièrement en me traitant de charogne.

Le regard de braise qu'elle me place plein cadre est presque aussi crameur que sa pétoire à ondes blèches.

— Avance, charogne ! Tu resteras toujours deux pas en avant. Et inutile d'essayer une feinte de cinéma, comme par exemple de vouloir me flanquer une chaise ou autre chose à travers la figure : je crois t'avoir donné un aperçu de ma souplesse.

— Il était féerique, je lui dis-je.

ENTRE SEUL DANS L'ENTRESOL

Contre toute ta tante (la grosse, celle qui a des varices et qui vend du poisson au marché) nous n'allons point loin.

Tu vois le jardin de l'hôtel, avec ses palmiers et ses massifs de surétrons à mouches ? Sur la gauche, il y a un délicat chemin bordé d'infarctus cramoisis à fleurs persistantes. Nous le prenons. Le romantique sentier conduit à une petite série de bungalows de style mauresque. Une demi-douzaine environ, en essaim autour d'une pièce d'eau glougloutante. Des petits spots astucieusement répartis ajoutent à la qualité du décor. On se croit dans quelque superproduction du vieil Hollywood.

— Le 4 ! m'annonce ma suiveuse.

Chaque petite construction comporte un numéro sur une plaque émaillée, écrit avec des fleurs enlacées.

— Sonnez !

J'obtenchose.

— Eh bien, on peut dire que vous prenez votre temps ! bougonne une voix, tandis que l'une des mains appartenant au détenteur de cette voix, comme l'écriraient des guignolos de plume que je sais, délourde.

Le faux docteur O'Meil est là, massif dans le contre-jour. Il a beau être anglais, agent secret, et tout le bataclan, son imperturbabilité fait relâche quand il m'avise sur son seuil.

— Entrons ! ordonne la friponne.

Et de ponctuer son ordre en me poussant aux reins avec son engin.

Dominé par la situasse, le gros décarre pour nous laisser investir. Il entrave ballepeau, le chérubin.

Véra ferme la porte, s'y adosse.

— Allez vous asseoir dans ces deux fauteuils ! nous enjoint (de culasse)-t-elle.

Le bungalow se compose d'un mini-salon et d'une chambre avec salle d'eau. Deux fauteuils de cuir encadrent une table basse sur laquelle un flacon de Chivas Regal et un verre (le premier à moitié vide, le second à demi plein) racontent le désarroi moral du presque veuf.

Ce qu'il y a de bien avec les Rosbifs, surtout avec les Anglais professionnels comme Adam, c'est leur self tour de contrôle. Lui, tu te figures qu'il va exclamer ceci cela, réclamer des explicances, dire naninanère et le reste ? Que tchi ! Il obéit dans le calme et la dignité ; attendant la suite *of the* événements sans paraître se soucier du lait qu'il pourrait avoir sur le feu.

Véra nous considère de ses prunelles en folie furieuse. Plus louve que jamais, cette gosse. L'ablation de son papa l'a transformée en bête souffrante et, comme tout fauve blessé, elle devient féroce.

Elle murmure à l'intention de Jess O'Meil, alias Adam Delameer :

— Il prétend que vous avez tué mon père.

Il est parfait, le gros.

— Puis-je vous demander si vous le croyez, miss Tedeseuquitu ?

Qu'en termes élégants cette chose-là est dite. Vachement talon rouge, le Dodu.

Je le revois, cavalant en survêtement sur sa lande à la con, comme s'il avait rembour avec un loup-garou. T'aurais dit un de ces gros bourrins de jadis, tirant des voitures de livraison et qui faisaient semblant de trotter pour chasser les mouches de leur gros cul plus que pour forcer l'allure. Lui, dans son traininge rouge, le veau. Pendant que sa Sirella grisole me tutoyait le Nestor.

La Véra-hélicoïtale (et pas hélicoïdale, faites gaffe, à l'imprimerie, oubliez jamais l' à quel point il est braque, votre Tonio) répond, durement :

— Mon père est mort, je n'ai pas à croire autre chose.

— Ridicule, fait le mec Adam. Nous l'aurions donc engagé pour venir l'abattre ici ?

Il hausse les épaules.

Bon, moi je trouve qu'il commence à se faire tard. Je déteste qu'une nana survoltée par la haine dirige les opérations, armée d'un neutraliseur de cet acabit.

— Vous l'avez bel et bien tué, mister Delameer, déclaré-je durement. Et je peux le prouver.

— J'aimerais ! fait l'autre.

— Facile. Vous permettez, Véra ?

Là qu'il joue son va-tout, l'Antoine chéri. Qu'il risque le big paxif. Il place toutes ses piastres sur le zéro. A quoi bon jouer, si ce n'est un numéro plein ? Le reste n'est que louches combinaisons, risques au petit pied, feintes à Jules. Là : franc et massif.

— Levez-vous, Adam !

— Je regrette, il n'est pas question d'obéir à vos caprices ridicules, riposte l'homme zéro.

Je me tourne vers la fille.

— Vous prenez note de son refus, Véra ?

Elle crispe davantage encore sa mâchoire.

— Faites ce qu'il vous demande ! dit-elle au faux docteur O'Meil.

Il la regarde, va pour objecter, mais avec le regard démentiel qu'elle se trimbale, la miss, il pige que ça risque d'être sa fiesta, Gradube, et il s'arrache de son fauteuil en rechignant.

Je me lève à mon tour, le plus naturellement du *world.*

— Levez les bras ! que j'y dis.

Nouvelle hésitation. Il finit pourtant par consentir à dresser ses pattounes d'archevêque.

A toi, l'Antonio. Sois dégagé et précis. Calmos, calmos ! La nervouze est dangereuse. Suppose que tu sois en maillot de bain sur une plage d'or, à confier ta peau au beau blond pour qu'il la tartine. Tu serais relaxe, non ? Imagine la rumeur rassurante du flot, des odeurs, des cris de joie. Rien ne presse, ce qu'il faut c'est de la décontraction, badine !

La scène se présente de la manière suivante : Véra se tient à deux mètres avec son efface-chrétien, Adam est debout devant son fauteuil. Je vais à lui. A cet instant je m'interpose entre la gosse et le gros. J'offre délibérément mon dos au rayon fatal. J'écarte les pans du veston de mister Delameer. Si ce que j'ai cru deviner est faux, je l'ai *in the* babuche. Sinon, je n'ai pas gagné pour autant. Ce qui revient à dire que j'ai un pied sur une merde et l'autre sur un excrément (je ne risque pas de perdre la fèce (1)) Ma droite se dirige là où mon cerveau lui dit.

Premier point positif : j'ai vu juste. Adam Delameer n'est pas agent secret à vadrouiller sans sa petite laine. Contre son flanc gauche, il y a une sangle de cuir avec, passé dessous, un extra-plat à peine plus gros qu'un poudrier et qui doit tirer des bastos en gougnafium mouluré. Je me saisis prestement de l'objet.

— Voici la preuve de ce que j'avance, Véra !

Je me tourne vers elle, tenant le pistolet bien à plat,

(1) Fèces s'écrit toujours au pluriel, mais je suis un homme assez singulier pour sucrer un « s » quand l'envie m'en biche.

San-A.

sur ma main, mais avec toutefois l'index posé sur la détente.

Méfiante, elle recule d'un pas. Son arme frémit dans son poing mignon. Prête à défourailler.

— Ne bougez pas ! hurle-t-elle.

Mais trop tard pour me déconfire, car, homme des décisions promptes (mon instinct travaille en mes lieu et place dans les cas d'urgence) j'ai déjà actionné le turlututue à mon pote Adam. Sans viser à proprement parler, donc au jugé ; toutefois je juge bien puisque la môme dérouille la bastos dans son avant-bras. Moi je suis déjà au sol en un roulé-boulé qui impressionnerait des lutteurs consommés à la petite cuiller. Ce qui suit est moins bien que du Mozart, mais reste assez beau en soi (voire même en verre à soie). On perçoit une gueulée, mais une gueulée monstre, mon z'ami ! De quoi pourfendre les vitres, les carreaux émaillés des pissotières, et faire éclater de rire des vieillards roulés dans du miel et plongés dans des fourmilières. C'est Delameer qui vient de la pousser et qui la bisse, en grand ténor d'opéra dont il a la morpho sinon l'organe.

Que je te narre : la miss Véra, blessée donc au bras par mes soins, si j'ose de la sorte m'exprimer, a actionné sa seringue perfide pour me couper en deux en suivant le pointillé. Mais comme, tout en lui défouraillant dessus je me suis jeté à terre, c'est cette pauvre gonfle de Delameer qui a pris le rayon fatal. Et tu sais où ? Tu donnes ta langue, madame ? Hmmm, qu'elle est bonne ! Oui, ma chérie : pile dans le côté face. Tout son bas-ventre a cramé instantanément. Plus de joyeuses ! Parties en fumée et sans laisser d'adresse. Le zizi ? Chez Plumzingue ! C'est la toute grande Berezina pour ce pauvre mec. L'homme zéro est devenu l'homme double zéro. Que dis-je : triple zéro, façon belons grand luxe ! Un trou à la place du bas-ventre ! Et tu sais, un trou, ça ne tient pas beaucoup de place. Lui qui voulait maigrir, le cher chérubin rose, le voici allégé d'une bonne livre d'abats.

Il cesse de glapir sa souffrance atroce et s'évanouit.

La môme, interloquée par son œuvre néfaste, reste pantoise. Le sang pisse dru de son bras.

Mécolle-pâte, tu sais quoi ? Oui, mon grand : t'as gagné ! Je me carapate vite fait bien fait, avec mes deux jambes pendues à mon cou. En sautant prélavablement par la fenêtre ouverte. Décarrade de grand style. Tu peux toujours te gratter le coccyx avec une râpe à frometon pour en trouver une semblable dans les Jamebonde ! L'Antonio délicieux se fond dans la noye fraîche.

On entend gazouiller les chauves-souris et les brises nocturnes charrient des senteurs d'asphodèles. Ouf ! ce qu'il fait bon vivre.

Pauvre Adam Delameer ; découillé à jamais. On va lui greffer un brise-jet en guise de zizi, tu crois ? Ils ont *probably* droit à une pension de grand invalide de *war* dans ces cas-là, en Rosbiferie, non ? Perdre sa panoplie trois pièces en service commandé, ça va chercher une chiée de points en bonus dans le calcul de la retraite, j'espère. Toujours est-il qu'à partir de dorénavant, il pourra porter des slips féminins, le gros blond.

J'arque mollement par les rues surpeuplées. Des enfants m'assaillent pour un petit coup de manche. Je leur souris, sans rien leur attriquer, biscotte si tu te mets à lâcher ton carbure, c'est toute la ville et ses banlieues qui te tombent sur le poil ensuite.

— Hep ! Tonio !

Je me détronche.

Posés sur le trottoir, voici l'inévitable Eloi Dutalion et sa morille desséchée. Il n'est plus fringué en drapeau espagnol, ayant revêtu pour le soir une chemise écossaise et un gilet de laine bleue car on sait se sabouler dans la Rousse. Sa mégère est en robe grise et jaquette noire, avec un camée de chez Léon pour fermer son col. Son vaste sac à main en croco synthétique est accroché à l'un de ses ailerons.

— Monsieur le commissaire drague ? ricane Dutalion.

— Penses-tu, j'ai école.

— Le monde est petit, croit devoir faire observer mon ancien moniteur.

— Ce serait plutôt que le centre de Marrakech est moins grand que celui de New York, rectifié-je.

Eloi tente de sortir une cousue d'un étui, mais avec sa maladie de Parkinson, il n'arrive même pas à ouvrir l'étui.

— Non, tu as suffisamment fumé ! glapit sa vieille comme un crissement de patin à glace.

— La dernière, pour fêter notre rencontre ! plaide Dutalion.

— On se rencontre à tout bout de champ ! riposte mémère en enfouissant les sèches dans la vague de son fossile.

Eloi sourit, gêné.

— T'as vu ma petite Poupette, comme elle veille sur la santé de son bonhomme ! jubile-t-il.

— Une fée ! dis-je, convaincu, en pensant très fort à celle qui s'appelle Carabosse.

— A propos de rencontre, enchaîne mon ancien prof, tu sais qui je viens d'apercevoir, au comptoir d'un bar, dans cette rue, là, à gauche ?

— Dis-me-le toujours.

— Tu as connu Beau-Marle, ce hareng de Pigalle qu'on appelait aussi « Le Mondain ». Il avait quitté son établi à la suite d'une fâcheuse histoire avec une de ses gagneuses qu'il avait punie un peu trop fort puisqu'elle en était morte. Manque de bol, un chauffeur de taxi avait assisté à la scène et Beau-Marle a dû s'emporter toutes affaires cessantes ; personne ne savait plus ce qu'il était devenu.

Je réfléchis.

— Oui, j'ai dû avoir vent de l'anecdote, conviens-je, mais c'est vieux, non ?

— Une quinzaine de piges. Moi je l'avais connu avant de faire moniteur de tir, à l'époque j'appartenais au commissariat de la rue Entremaque. Ce grand fripon est ici, bistrotier, faut pas s'en faire, non ?

— Il y a prescription, je soupire. Chacun son lot, Eloi. Chacun arrange sa petite vieillesse qui se pointe à pas de gueuse.

— Tu viens, oui, ou tu racontes ta vie ? mélodise la dame Dutalion.

Je leur serre la louche.

— A très vite, plaisanté-je, on est faits pour se rencontrer.

Le couple reprend sa déambulation parmi la population indigène. Eloi sucre à en perdre ses dix doigts avec les pouces. Bobonne serre fort son grand sac contre son flanc étique. L'attelage reprend sa marche dolente en direction de la tombe. Faut laisser le temps s'arranger de nous. On n'a qu'à suivre en regardant les vitrines. Dans le fond, c'est pratique, moi je trouve.

L'ambiance est épaisse comme les moufles d'un épileur de poils de cul groenlandais travaillant en plein air.

Peu de trèpe, mais de la clientèle triée sur le volet. Pas un des clilles qui n'ait un casier judiciaire long comme le rouleau de papier hygiénique du petit glandu de la téloche qui va chercher sa vioque à l'autre bout de l'appartement pour se faire torchonner le joufflu. Tous ne sont pas franchouillards, certes, il y a là des Nordafs, des Ritals, des Espingoins, des Grecs et même des saurets venus de plus loin ; mais tous font partie de la grande friponnerie méditerranéenne.

Quelle fantaisie m'a poussé à venir écluser un gorgeon dans cet estaminet signalé par Saint-Eloi-la-

Tremblote ? Pourquoi ce besoin, tout à coup, de chercher un quart d'heure de paix dans le rade d'un barbe de Pigalle expatrié ? Il m'a mis le roteux à la bouche, Dutalion, avec son histoire de Beau-Marle. C'est physique, ces choses. Il suffit d'un air de musique pour te donner envie de revoir un pays ou un individu. La chasse aux sensations, quelle aventure ! L'odeur d'un instant ! La qualité d'un bruit ! Une certaine lumière vacillante, à peine entrevue. Le contact inattendu d'un objet ! Et nous voilà l'esprit en escalade, l'âme en chamade ! La poésie pissant de tous bords ; et des nostalges à en rendre gorge une fois pour toutes.

Je me sens soudainement bien, dans ce bar interlope ; à l'aise parmi les barbiquets fréquentant l'endroit. Je retrouve l'ambiance secrète, un peu forcée, de certains vieux films des années 30, dans lesquels les acteurs en remettaient à outrance, jouaient faux, croyant faire naturel. Ici aussi, on donne la représentation. Messieurs les hommes de Marrakech friment sans vergogne. Se composent des mines patibulaires, des expressions mauvaises, des attitudes hyper-dégagées, vachement contraignantes à tenir. Et c'est tout cela qui est plaisant. Ça pue le décor de studio époque Berthomieu. Ça poisse sur vaporisation avant la prise. On attend presque que quelqu'un gueule « Coupez ! », pour qu'il y ait la grosse détente, le relâchement immédiat et que des machinos, des électros et autres techniciens investissent le plateau afin de préparer le plan suivant.

Beau-Marle est à son rade. Soixante balais, le cheveu gris bleuté frisotté, la tête allongée, l'œil lourd de tous les sous-entendus. Il a gardé la ligne, le Mondain, et continue de se sabouler milord : costar anthracite à rayures argentées, chemise rose pâle, cravate bordeaux, pochette ébouriffée de la même couleur. Je parierais pour des tatanes en croco pur alligator et des chaussettes de soie.

Assisté d'un loufiat marocain, il en installe derrière son comptoir, servant ses clilles préférés, échangeant des plaisanteries de-ci de-là, rendant la mornifle pour établir sa souveraineté.

Je me colle au virage du zinc, là qu'il existe un *no man's land*, comme on dit en France.

— Une coupe de roteux ! lancé-je au barman.

— Blanc ou rosé ?

— Si le rosé est bon, je suis preneur.

Le Mondain ne met pas longtemps à me retapisser. Son regard farfouilleur bute sur ma pomme comme celui d'une grosse mouche verte sur un colombin frais tiré. Il cherche à me situer. Gueule inconnue : il se gaffe, le Beau-Marle. Appartiens-je au mitan ou à la poulaille ? A moins que je ne sois seulement un touriste fourvoyé, mais franchement, il incline pas pour.

Je gorgeonne la coupe de champ'. Bien frappé, un tantisoit éventé, mais sans gros dommage.

Comment arrangent-ils la suite de l'historiette, les deux Anglais blessés ? Tu crois qu'il va en réchapper, Adam, de cette fâcheuse ablation ? La nana, quant à elle, préviendra-t-elle la police marocaine ? Peu probable. Ils n'ont pas envie de créer le gros pet à Marrakech. Sans doute alerteront-ils le consulat et messieurs les Rosbifs aviseront pour ce qui est d'écraser le gag.

— Une autre ! ordonné-je au serveur.

Les converses se font moins chaleureuses autour de moi. Ma présence rompt le charme.

Lorsque le loufiat remplit mon godet, je lui murmure :

— Je peux dire deux mots au patron ?

Il ne répond pas, mais je le vois chuchoter à l'oreille du Mondain. Beau-Marle prend tout son temps, bien m'assurer qu'il est le maître à bord et qu'il me pisse à la raie. Il se permet deux trois boutades avec un faisan grêlé qui ressemble à la face connue de la pâlotte, genre « Mer des Félicités ». Enfin, s'étant versé un scotch-grenadine-citron, il se laisse dériver en fond de rade, son verre en pogne.

Il pose un coude sur sa main ouverte et demande :

— On se connaît ?

Montrant bien par cette question qu'il est convaincu du contraire et que, partant, je peux foncer me faire aimer chez les Grecs.

— Moi je vous connais de réputation, lui dis-je avec un beau sourire tellement loyal qu'on l'embaucherait dare-dare chez Barnum pour servir de partenaire à un clown blanc.

J'ajoute :

— J'étais jeune commissaire frais émoulu quand vous avez donné ce gala d'adieu à Rita-la-Jolie, ce qui vous a contraint à prendre l'air.

Il me file une z'œillée vénéneuse, avec quelques gouttes d'angustura.

— C'est *Ici-Paris* qui vous envoie ?

— Il y a un quart d'heure j'ignorais encore que vous fussiez établi ici.

Mon subjonctif ciré au polish ne lui fait pas plus d'effet que le berlingot de sa première gagneuse.

— Et alors ?

— Je travaille pour le compte du gouvernement français avec des mecs de haut étiage et j'aurais besoin d'un coup de main occulte. J'ai pas dit d'un coup de pied au cul. Pour me rendre ce service, deux conditions sont requises : être français et pas se montrer trop à cheval sur les ... heu... convenances. S'il n'y avait à remplir que la première condition, je pourrais m'adresser à notre consulat, seulement il y a la seconde, ça c'est la question à mille balles et ça se bouscule pas pour répondre « présent ». Bref, il me faut des hommes : des vrais ; on peut causer ou si je demande mon ticket de bar ?

Ainsi pris à partie, le Mondain renifle un petit coup.

— On peut voir vos fafs ? demande-t-il.

— Nature, mais vous ne croyez pas qu'avec le mot qui s'étale en tête de ma brème, vos clients à l'œil fureteur vont se payer la dysenterie du siècle ?

Beau-Marle admet tacitement le bien-fondé.

— Allez m'attendre devant les chiches, je passe par l'immeuble voisin et je vais délourder la porte du « Privé ».

Un vilain à cravate jaune paille quitte les gogues en se replaçant Coquette dans l'écrin. Civilisé, il va se laver les pattounes au lavabo et donner un petit coup de peigne dans sa belle chevelure calamistrée à l'huile d'olive. La porte marquée « Privé » s'ouvre sur mister Beau-Marle. Je pénètre dans un vestibule tendu de feutrine bleu roi. Le vilain à la cravate jaune entre derrière moi d'autor. Au regard qu'il échange avec le Mondain, je pige que tout ça est prévu, correct. Beau-Marle est un gars précautionneux, ce qui lui a permis de franchir la soixantaine sans trop d'encombres et d'espérer doubler le cap des quatre-vingts carats qui est à la géographie humaine ce que celui de Bonne Espérance était à Magellan.

Le taulier nous conduit jusque dans un salon un peu m'as-tu-maté ? réalisé par un décorateur pour grands ensembles dits de haut standinge. Le mauvais goût n'atteint pas au kitch par manque de profusion ; c'est sobrement merdique, mais ça doit impressionner une chiée de pégreleux.

— Papiers ! demande Beau-Marle avec l'autorité sèche d'un policier des frontières.

Je lui tends mon portefeuille. Il va s'asseoir pour l'explorer consciencieusement. Carte professionnelle, permis de conduire, brème d'identité, fafs de Sécu, tout est conforme.

— Bon, je peux chanter ma romance, ou si on attend encore du monde ? lui demandé-je.

— Allez-y, mais en commençant par moi.

— C'est-à-dire ?

— Pourquoi venez-vous me trouver, moi ?

— L'occase, le hasard, vous allez piger.

Et je leur narre succinctement ce que contiennent les captivants chapitres précédents, sans omettre l'intervention d'Eloi Dutalion. Ce nom arrache un vague sourire à Beau-Marle.

— Je l'ai connu, il jouait les Zorro à Pigalle avant d'écrémer son enveloppe.

Je ne souligne pas cette grave atteinte à l'honorabilité d'Eloi-la-grelotte, sachant combien les hommes sont faillibles et en butte aux tentations.

Un léger mouvement s'opère dans le fond du salon, au creux d'une bergère revêtue de soie moirée dans les tons bleu pastel passé ; sur l'instant, je crois à la présence d'un cador, mais en y regardant plus attentivement, je découvre une toute petite vieille, au moins nonagénaire, enfouie dans les coussins comme une datte desséchée collée au fond de son paquet. Elle en a presque la couleur, ses rares cheveux blancs formant moisissure.

Elle égrène un chapelet à gros grains (béluga) en laissant quimper son regard délavé dans un infini brumeux.

— Madame votre mère ? je demande à Beau-Marle.

— Ma grand-mère, rectifie-t-il.

Donc, cette personne avoisine le siècle.

— Compliments ! fais-je, sincèrement ému.

C'est beau, non, ce vieux sauret faisandé avec sa grand-maman ? L'humain conserve toujours ses droits. La pire fripouille garde une île où il reste lui-même.

Je reviens à mes moutonsss.

— Compte tenu des circonstances, accepteriez-vous de me donner un coup de main, c'est la France qui vous le demande.

— Ça consisterait en quoi, ce coup de main ?

— Deux ou trois mecs gonflés pour embarquer quelqu'un, et un endroit peinard où héberger ledit quelqu'un afin de bavarder avec lui en toute tranquillité.

Le Mondain hausse les épaules.

— Comme vous y allez ! Dites, le Maroc est une nation indépendante, et même une nation de pointe dans le Maghreb, avec à sa tête un roi moderne.

— D'accord, fais-je, ça c'est dans la notice du dépliant touristique, mais pour mes bidons, ça débouche sur quoi ?

— On n'est plus sous Lyautey, commissaire ; les étrangers dont je suis ont intérêt à se tenir tranquilles.

— C'est-à-dire à mitonner des arnaques bon teint dans ton boui-boui ? m'emporté-je. Pain de fesses, jeu clandestin, plus les sachets mignons vendus avec discernement ? Du père de famille, quoi ! Décidément, tu manques de toc, Beau-Marle. Ici, t'as biché l'esprit « Club Méditerranée ». Bien que je ne t'aie pas connu à l'époque, je te préférais au temps où tu corrigeais Rita-la-Jolie.

Il me défrime, très pâle, les lotos comme ceux d'un poisson mort depuis très longtemps.

— Bon, ben je crois qu'on s'est tout dit, commissaire, articule-t-il froidement.

— O.K., on s'est tout dit, et moi je t'ai trop dit.

Je lui décoche un sourire mélanco.

— Tu vois, on peut être de la Poule et se faire des berlues poétiques, gars. Croire aux durs au grand cœur prêts à voler au secours du pays, tout ça...

Et je me dirige vers la porte que la cravate jaune me tient ouverte.

A ce moment-là, une voix aigrelette sort de la bergère :

— Finfin !

C'est la centenaire qu'égosille.

— Oui, grand-mère ?

— Finfin, tu me fais honte ! T'es plus rien qu'un sac de nouilles à l'eau. Ton grand-père serait là, il claquerait ta gueule d'enviandé, petit con !

— Mais, grand-mère !

— La ferme ! glapit la mémé vénérable. Ah ! elle est bath, la descendance au Grand Louis. Un homme qui est tombé, les armes à la main, devant une agence du Crédit Lyonnais, et qui s'est fait allumer une cousue sur le trottoir en attendant l'ambulance. Putain, s'il te voit, de là-haut, mon homme, il doit regretter de s'être reproduit, merde ! Pour aboutir à des crevures pareilles ! Je t'ai pourtant pas élevé commak, dis, Finfin ! Un gamin, que t'avais pas huit ans je t'avais déjà appris à tirer en valade. A quinze piges tu savais laver des chèques, craquer un coffiot, engourdir n'importe quelle chiotte, placer trois bastos dans un as de trèfle à quinze mètres !

« Partez pas, jeune homme ! Si ce découillé ne vous aide pas, je grelotte à un vieux pote de la famille ; Ambroise-le-Sergent. Il a passé les soixante-dix berges et il lui manque une paluche, mais il mettra l'autre à votre service si je lui demande. On finit mal le siècle, que voulez-vous. C'est le temps des mauviettes ! La patrie, y s'assoyent dessus, et leur courage c'est de risquer dix thunes sur un bourrin le dimanche, aux courtines. Vivement que je crève pour ne plus voir cette misère ! »

Elle s'est arrachée des coussins. Elle mesure pas un mètre quarante-huit, la reine mère. Bout de femme, mais pile d'énergie. Aveugle, je m'en rends compte, maintenant qu'elle me fait face.

Beau-Marle est tout enchifrogné. Il fuit mon regard.

— Faut toujours qu'elle exagère, mémé, bougonne-t-il. Elle a ses marottes. Bon, asseyez-vous, je veux pas qu'elle pique une attaque. Calme-toi, grand-mère, on va l'aider, ton poulet. Qui m'aurait dit qu'un jour t'exigerais que je vole au secours de la Rousse ! Toi qui m'as enseigné à retapisser les perdreaux à l'odeur ! Et voilà que tu veux que je me marie avec un lardu !

La vieille rebiffe sec :

— C'est pas le lardu que je te demande d'aider, c'est le Français dans la mouscaille, petit mec. Mon frère s'est fait effacer devant Verdun et pourtant il gerbait quand il apercevait un uniforme. Le patriotisme ça ne se discute pas, qu'on soye grinche ou baron. Je me fais bien comprendre ?

— Oui, grand-mère.

LE PRIMAT DES GAULES
LE PRIMATE DÉGUEULE

Dans tous ses atours, Achille. Futal de flanelle blanche, blazer bleu, limouille col ouvert, foulard Hermès, tatanes en daim extra-souple comme de la peau de couilles. Faut le voir frimer dans le hall du *Mâ-Kâch,* la dextre passée dans sa poche plaquée, avec le pouce à l'extérieur, comme ça se faisait dans les films mondains d'avant-guerre. Il chantonne du nez, l'apôtre, une très jolie mélodie : tali lali tali lalère, que t'en biches la chair de poule aux tympans, tellement c'est suave, tellement ça te langoure l'âme.

— Vous semblez joyeux, monsieur le ministre, lui fais-je avec l'obséquiosité dont il raffole, dans le style De Funès en vil flatteur.

Pris en flagrant délit de jubilation interne, il me regarde pensivement et murmure :

— Les glandes, mon garçon. Seule la paix glandulaire apporte à l'homme des instants de parfaite félicité. Lorsqu'il fonctionne bien et qu'il se sent pleinement disponible, l'individu pressent le bonheur.

Revenant aux préoccupations professionnelles, il demande, négligemment :

— Le travail ?

— Nous allons vers un dénouement, patron.

Le Vioque réagit.

— Non ! Sérieusement ?

— Je crois.

— Racontez-moi cela, par le menu. J'ai du temps : Suzette dort encore et il lui faut deux heures pour se préparer.

— Je préfère tout vous livrer en bloc, riposté-je.

Le Vénérable me cueille au bras.

— Bien entendu : pas un mot à Bérurier, n'est-ce pas ? Ce serait de la confiture de rose donnée à un pourceau. Notez qu'il faut le connaître. Cet homme a des côtés positifs. Peu, mais il en a ; ne serait-ce que son sexe extravagant et la manière péremptoire dont il l'utilise. Il existe également chez cet homme un sens de la vie qui s'exprime avec fracas. Mais ces qualités admises ne m'empêcheront jamais de déplorer qu'il occupe un tel poste. Il y a un sens de mercenariat en lui. Subordonné par vocation profonde, il ne saura jamais se montrer chef, comprenez-vous ? à l'inverse de moi qui ne sais que commander et pour qui l'obéissance est une notion abstraite.

Le Théorique renoue son foulard qui n'en demandait pas tant.

— Donc, vous le laissez en dehors de votre enquête, mon cher enfant, c'est promis, juré ? Je lui révélerai moi-même ce qu'il sera bon qu'il en sache.

Achille éloigne sa main droite de ses yeux, comme s'il voulait mirer ses ongles à contre-soleil.

— Franchement, vous ne voulez rien me dire encore ?

— Non, mais je sollicite votre participation, monsieur le directeur.

— Tiens donc, on a besoin du grand aîné, mon cher galopin ? Voilà qui ne me surprend pas. Et de quelle façon souhaiteriez-vous que ma participation s'exerçât.

— J'aimerais que vous usassiez de votre gigantesque influence pour que le consul de France convie l'émir Kohnar à dîner ce soir. Il pourrait le faire par messager spécial, sur carton gravé, en annonçant préalablement la chose par téléphone au secrétariat du prince.

Chilou réfléchit.

— Et dans votre esprit, que devrait donner ce dîner ?

— Une réponse à bien des questions, monsieur le...

Je me tais. Achille m'embrasse.

— Il a failli le dire ! s'écrie-t-il. Il a failli m'appeler « monsieur le directeur », ce grand bébé ! Tiens, je lui donne encore un poutou pour la peine.

Et j'ai droit à un second bisou.

— Ce que je sollicite de votre extrêmement haute et inaccessible bienveillance est-il possible ? insisté-je.

— Mais bien sûr de sûr, mon Antoine. Je cours au consulat pendant que Suzette se harnache.

Puis, confidentiel :

— Savez-vous la surprise qu'elle nous a faite ? Des jarretelles ! Des vraies, des roses. Des jarretelles ! Elle en porte. Ah ! l'irremplaçable sensation ! Que le caoutchouc soit béni jusqu'à la consommation des siècles et des hévéas. Bon, je file.

— Autre chose, monsieur le...

Achille revient à moi pour flatter ma joue neuvement rasée.

— Mais dites-le, dites-le-moi quand nous sommes seuls, petit gredin. En tête à tête, c'est permis. Je reste votre « monsieur le directeur ».

— Eh bien, monsieur le directeur, pardonnez mon outrecuidance, mais pour la réussite de mon projet, il est indispensable que je sois invité également.

Le daron me pince le lobe.

— Canaillou ! Il veut fréquenter le grand monde ! Eh bien ! vous serez invité aussi ! Soyez gentil, dites-moi un gros « Merci, monsieur le directeur ».

*
* *

Putain ! Tu me verrais dans mon smok bleu-nuit-et-brouillard, limace bleu pâle, nœud pap' bordeaux (Château Lafite 1947), fleurant *good* l'eau de Cédrat de chez mes camarades Guerlain (pinpin), tu tomberais à la renverse (sur mon plumard), fillette jolie. Illico (pour m'éviter de dire dard-dard), tu voudrais que je supprime la plupart des loupiotes afin de ne garder que le halo d'un abat-jour orangé propice aux chuchotis, caresses mesurées, roucoulades propitiatoires avant l'enfourchement final.

Je glandouille à promiscuité des ascenseurs, avec un dessein bien établi. Et ça ne rate pas. L'une des trois cabines finit par cracher l'émir, son secrétaire et un garde du corps baraqué comme un robot.

Je me précipite au-devant du souverain déçu (et déchu), manière de lui présenter mes respects vespéraux. En m'apercevant, son visage s'éclaire d'un pâle sourire de momie mise à jour.

— Compliments pour votre élégance, ami commissaire, me dit-il en pressant furtivement ma livre et demie de viande ; vous sortez ?

— Je suis convié au consulat de France, Votre Très Salubre Majesté.

— Je le suis également, m'annonce l'émir Liton ; cela devient donc un double plaisir pour moi.

Je m'incline si profondément que toi, à ma place, tu te pètes la cinquième lombaire (de Beethoven).

— Et ce sera ainsi un double honneur pour moi, renchéris-je, vite fait bien fait, avec un peu de cresson autour comme garniture.

— Vous attendez quelqu'un ? s'informe Sa Coéternelle Majesté.

— Un taxi, Votre Sempiternelle Majesté. Ce soir c'est le coup de feu et ces manants sont d'une capture malaisée, mais le portier auquel j'ai voté des crédits spéciaux s'occupe de la chose.

— Envoyez-le au diable et venez avec moi, ami commissaire.

— Vraiment, Votre Stimulante Majesté ?

— Ma Rolls est assez vaste pour nous conduire tous les deux au consulat, rétorque Mada (1).

Je lui emboîte donc la babouche, recevant au passage ma part d'échines arquées.

L'émir Ador grimpe dans sa Camargue noire à poignées et calandre d'or, dont l'illustre bouchon de radiateur a été taillé dans une émeraude. Une vitre sépare, bien entendu, la partie avant de l'habitacle passagers. Je te passe sur l'acajou, les coussins de soie, les tapis persans et tout le bordel.

Installé au côté de Sa Contagieuse Majesté, je me prends pour le grand vizir. J'attends, en espérant que le menu geste que j'ai eu avant de grimper portera ses fruits. Le doute me vient de ce que la vitre côté conducteur est baissée malgré la climatisation de la chignole.

— Pardonnez-moi, Votre Intuitive Majesté, dis-je, les vitres de votre merveilleuse Rolls sont à l'épreuve des balles, je gage ?

— Bien entendu, de même que la carrosserie est blindée, les pneus increvables, et une mitrailleuse automatique a été aménagée sur les pots d'échappement.

— Fort bien, Votre Pétillante Majesté, comment se fait-il alors que votre chauffeur roule avec la vitre baissée, s'exposant ainsi à tout agresseur qui voudrait profiter d'un ralentissement ? Rappelez-vous la ligne Maginot française, en 39, Votre Fluorescente Majesté. Elle était inexpugnable mais incomplète. C'était un mur d'enceinte auquel il manquait quelques kilomètres...

(1) Le seul côté chiant de Sana, c'est sa culture.

Fabiola, Couine.

— Par Allah, vous dites vrai ! tonne le monarque démonarqué.

Il prend l'appareil acoustique et se met à vociférer et tout en arabe, je te fais remarquer.

Le driver s'empresse de remonter le pont-levis. Mais le prince continue de vitupérer contre le malheureux.

— Voilà, fait-il en interrompant le contact, il sait ce qui l'attend maintenant pour avoir commis cette imprudence.

— Je ne voudrais pas la mort du pécheur, dis-je, c'était une simple observation, Votre Généreuse Majesté, dont je serais navré qu'elle entraînât pour ce garçon de fâcheuses conséquences.

— Rassurez-vous, m'apaise l'émir, ce n'est pas pour rien si, parmi les surnoms qui me furent donnés par mon peuple, figure « le Magnanime ». Abdouli Abdoula, mon chauffeur, ne sera puni que de trente coups de fouet, d'une saisie-arrêt d'un an sur ses gages et de l'introduction d'un tisonnier rougi dans son fondement ; s'il avait eu affaire à mon père, il l'aurait senti passer, comme vous dites chez vous !

La Camargue se déplace silencieusement à travers la foule. Elle prend l'avenue Kanigoû ben Klêbahr et accélère un chouïa l'allure. La résidence du consul se trouve au cœur de la partie élective de la merveilleuse cité.

Et voilà que tout à coup (fourré), la Rolls se met à zigzaguer sur l'avenue. Elle percute une bagnole en stationnement, rebondit, traverse la chaussée et file emplâtrer en force un mur de briques vernies qu'elle défonce. Par la brèche on distingue une pelouse bien ratissée, avec des jets d'eau, et dans le fond, une grande demeure mi-européenne, mi-mauresque brillamment illuminée.

Le chauffeur et le secrétaire sont inanimés comme ces objets dotés d'une âme.

L'émir, indemne mais furax, dégoise à bloc dans son

turlututu, promettant mille sévices à son con de chauffeur qui ne peut plus l'entendre, vu que la pastille de gaz que j'ai jetée dans l'habitacle avant au moment de grimper à l'arrière, l'a empioncé pour une bonne paire d'heures.

— Vous n'avez pas de mal, Votre Miraculeuse Majesté ?

— Non, et vous ?

— Moi non plus, la robustesse de votre voiture est prodigieuse. Ne bougez pas, je vais chercher du secours.

Je dévale de la guinde. L'émir, malgré mon conseil, en fait autant. Une bagnole vient de stopper à notre hauteur, genre Land Rover ou je ne sais pas quoi. Trois mecs coiffés de cagoules en jaillissent. L'un d'eux se précipite sur le prince et lui placarde un tampon de chloroforme sur le pif. Le vieillard gesticule un brin, puis sa volonté fait de la chaise longue. Alors les agresseurs l'entravent en deux coups de cuiller à pot de caviar au moyen d'écharpes de soie (à tout seigneur tout honneur) et le portent dans leur véhicule.

— Dites, les gars, murmuré-je, je vous signale que le bouchon de radiateur est une émeraude sculptée et que la calandre est en jonc massif.

Inutile de leur faire un schéma. Tu les verrais, les gentils mécanos, s'activer dans la pénombre. Pour ma part, peu soucieux de m'associer à un vol caractérisé, je vais rejoindre Sa Majesté Empapaoutée à la case départ.

J'espère que mes « ravisseurs » ne vont pas faire long pour dépecer le morceau de la Camargue.

Je roupille profondément, avec un tas d'embrouilles respiratoires, because le tampon sparadrapé sur mon nez.

— Vous m'entendez, ami commissaire? dit l'émir Liflor de sa voix chenue et placide.

Je ne réponds pas. Du temps passe encore. Par moments, la Majesté essaie d'entrer en communication avec moi. Qu'à la longue, je chique au mec envapé qui s'efforce de sortir du coltar. Au lieu de parler, j'ai des spasmes comme pour aller au refile. Je m'en paie une sacrée série. Faut ce qu'il faut, surtout pas éveiller la défiance du vieux renard.

— Vous êtes plus malade que moi, remarque-t-il; sans doute ont-ils forcé la dose de somnifère pour vous parce que vous êtes jeune et vigoureux.

— Mal à la tête, haleté-je.

— Moi aussi, soupire-t-il. Je ne pensais pas être kidnappé à Marrakech. Mes deux gardes du corps ont été au-dessous de tout. Si Allah permet que nous nous sortions de cette fâcheuse situation, je les ferai empaler sur des épieux frottés de piment de Cayenne.

— Ce serait une bonne chose, gerbé-je.

Et puis bon, je me « remets » un peu, ce qui, curieusement, m'évite d'en remettre beaucoup.

— Il y a longtemps que Votre Didactyle Majesté a recouvré ses fabuleux esprits? demandé-je lui.

— Environ une demi-heure, ne m'apprend-t-elle rien (puisque je le sais mieux qu'elle, n'ayant pas perdu les miens).

— Vous n'avez pas eu encore de contact avec vos ravisseurs?

— Nullement, mais cela ne saurait tarder. Voilà qui sent sa rançon.

— Votre Malthusianiste Majesté pense-t-elle que ce rapt inqualifiable est en rapport avec l'odieuse agression qu'elle a eu à subir en ses vénérés appartements?

L'émir Acculé branle son inoubliable chef.

— Probablement pas, ami commissaire. L'autre jour, nous avions affaire à des terroristes désireux de m'abattre ; cette fois-ci, on m'a enlevé alors qu'il était très facile de me vider un chargeur dans le baquet.

Je médite.

Bon, il est temps d'entamer la course au finish ; je sens que m'man m'a bricolé des paupiettes de veau (son secret est dans la farce) et je ne veux pas les lui laisser sur les bras.

Je me dresse tant mal que bien, malgré mes entraves, sautille jusqu'à la porte et me mets à y cogner du front.

— Vous allez vous fêler le crâne ! s'inquiète l'émir Amar.

N'empêche qu'un double pas se fait entendre et que l'huis s'écarte sur deux balèzes cagoulés.

— C'est ce con qui fait tout ce raffut ? grogne l'un d'eux. Qu'est-ce y a-t-il pour ton service, Toto ?

— Sa Majesté et moi aimerions que vous éclairiez un peu notre lanterne, réponds-je sèchement.

— T'vas voir comment j'vais t' l'éclairer, sale enfoiré de sa mère !

Et le gus m'aligne un coup de goumi magistral sur la théière. Je m'écroule en grande première mondiale.

L'autre mec déclare :

— Dans le fond, il est en surcharge, ce tordu, on n'a pas besoin de lui, va donc lui filer une praline dans le cigare, Dédé, une chouette, de 9 : tire à l'oreille, pour lui guérir ses bourdonnements. Ensuite t'enverras Ali et Moktar l'enterrer sous les palmiers. Faut que les fourmis rouges se régalent, y a pas de raison !

— Non, y a pas de raison, convient Dédé.

Il me biche par les poignets et me traîne hors de la pièce. Ensuite ces messieurs relourdent, m'ôtent mes liens qui étaient plus lâches qu'un tortionnaire d'enfants, et retirent leurs cagoules.

Je retrouve Riton le Belge et le Grêlé, deux potes à Beau-Marle, des fripons en pleine andropause, vachement marqués par l'absinthe, que le Mondain m'a proposés comme associés pour manigancer ma petite affaire sournoise.

Nous nous éloignons silencieusement, passons dans un salon sans fenêtres, garni de gros coussins, avec un plafond tout en miroir. Beau-Marle s'y tient avec sa grand-mère. Je les salue bas, la vieille dame est passionnée par l'aventure qui lui rappelle le bon temps de sa jeunesse truande quand ils montaient des arnaques héroïques avec le Grand Louis, son homme, mort au champ d'honneur des grands malfrats.

Beau-Marle est en train d'examiner le butin ramené par ses équipiers.

— Dites donc, me fait-il, c'est du sérieux : joncaille pur fruit, dix-huit carats, dans le massif, pas du doré à la feuille. J'ai posé cette bricole sur un pèse-personne, l'aiguille a accusé vingt-six kilos et des ; au cours du jour, ça mouille. Vous vous réservez quoi, là-dessus, commissaire ?

— Le silence, soupiré-je ; je ne veux pas savoir que vous avez détroussé cette Rolls ; cela dit ça représentera vos défraiements : toute peine mérite salaire, or, en ma qualité de fonctionnaire, je n'ai pas de quoi vous offrir des vacances aux Bahamas.

La mamie décrète de son timbre fêlé :

— Chapeau ! Il est régul, ce mec ! Je l'avais tout de suite cadré, à sa voix. La voix, ça ne trompe pas. Tu peux te composer une frime, jamais une voix !

— Bon, fait le Mondain, tout joyce d'encaisser vingt-six kilogrammes d'or, plus un joyau qui aurait fait mouiller le chah et la chatte de Perse, à partir de maintenant, ça consiste en quoi avec votre vieux kroum ? Va y avoir un sacré cri dans la médina, à l'annonce de son enlèvement.

— Vous avez laissé le message dans la Rolls, comme quoi l'opération est revendiquée par les anciens martyrs du Kalbahr ?

— Naturlich.

— Et le véhicule qui a servi au coup de main ?

— Chouravé par le Belge à des touristes hollandais.

— Alors, tout est blanc-bleu, les gars. Il va falloir s'atteler à la tâche. C'est quoi, cette taule ?

— Un ancien bouik qui appartenait à grand-mère, dit le Mondain.

La vioque réagit :

— On en a affuré du pain de fesses, dans cette crèche, mes petits. Faut dire que le cheptel était surchoix : rien que des jeunes filles bien éduquées, salopes tout azimut. De la Française, comme élément de base, *of course,* mais aussi de la Suédoise et des moukères prises au berceau et conditionnées depuis leur premier poil de cul. Je m'en occupais moi-même, avec Mme Fernande, tu te souviens, môme, de Mme Fernande, la grosse Auverpiote qu'est canée d'une cirrhose ?

— Oui, oui, grand-mère.

— Ici, reprend Mamie, on est dans le salon des choix. Toutes mes petites demoiselles prenaient des mines sur ces coussins. Le clille avait que l'embarras de se décider. Pour entreprendre le vieux raton laveur, je vous conseille la chambre des cris, qu'on avait baptisée ainsi parce quelle est tellement capitonnée que les bruyants pouvaient se régaler à cœur joie sans importuner le voisinage. Elle offre l'avantage d'être munie d'une glace sans tain, ce qui permettra au petit poulet de suivre les opés sans se montrer. De plus, y a aussi un relais acoustique, pour pas rater les grands délires de ces messieurs. Il fonctionne sur casques d'écoute. Ça valait le Poste Parisien, certains soirs. Je me rappelle le colonel Prendu, un maniaque. Son pied c'était de mettre une chemise de nuit de femme et de se faire fouetter et insulter. Vous auriez entendu ses délirades, mes petits bonshommes, vous les auriez enregistrées. Notez qu'à l'époque, y avait pas de magnéto et fallait un outillage façon Pathé Marconi pour mettre le bruit en bouteille. Ah ! cré vingt dieux, la voix de son maître, le colonel Prendu, c'était mieux que du Brahms !

Elle a un rire aigrelet, la chérie. Toute frivole de se remémorer les belles années de son boxif.

— Mémé a raison, décrète Beau-Marle, vous allez installer le Mustafa dans la chambre des cris, mes gars, tandis qu'on prendra nos quartiers d'été dans celle qui lui est contiguë. Surtout gardez-lui les yeux bandés, pas qu'ensuite il aille raconter le paysage.

— Et s'il jacte pas ? demande le Grêlé.

— Faites-le jacter, réponds-je placidement.

— On va jusqu'où ? s'intéresse Riton le Belge.

— Jusqu'au bout, mes agnelets. Et si le bout ne suffit pas, rajoutez-en.

Riton fait la grimace.

— Vous savez, commissaire, je suis peut-être un violent, mais j'ai pas l'habitude d'entreprendre des vieillards.

— Ce vieillard-là est le pire fumier de la terre, mon grand, un viceloque comme t'en retrouveras plus jamais. Pour te le situer, il envoie à des malades des fleurs empoisonnées, histoire de les achever.

— Bon, en place pour le quadrille ! glousse la grand-maman de Beau-Marle.

Elle a beau être quasi centenaire, elle garde du chou, la mère.

Derrière la glace truquée du bordel désarmé, on suit, comme des premières loges, les péripéties de l'interrogatoire. Beau-Marle nous fournit d'entrée de jeu son pronostic :

— Il l'ouvrira jamais, votre émir, commissaire, même si on le coupait en rondelles. Stoïque jusqu'à la mort, ils sont, ces melons. Ils encaissent la douleur comme un Epéda multispires encaisse les coups de bite.

C'est bien mon avis, à moi aussi. Seule, la vioque garde confiance. Elle dit que si Kohnar le Constipé chique trop au héros du motus-bouche-cousue, elle trouvera la parade. Son petit-fils la détrompe pas, mais à la manière nonchalante dont il enquille une Camel dans son fume-cigarette d'ambre bagué d'or, on sent bien que le Mondain fait peu de cas des promesses de sa grand-maman.

Mes deux compères ont ligoté le vieux sur un fauteuil. Ils ont placé ses jambes sur un tabouret de cuisine et les y ont fixées avec du fil de fer. Les pattounes maigrichonnes de l'émir sont bleuies par un réseau sanguin en relief. Sa chair est blême. Il a perdu ses babouches dans l'affaire. Mes potes ont noué une écharpe noire sur ses yeux.

Je les trouve un peu gauches, les archers du Beau-Marle. Inexpérimentés. Leurs arnaques se situent dans des combines, pas dans des coups de force. Ils ont leur armada de tapineuses, ou bien ils détaillent les neiges de l'Atlas en petits sachets cadeaux, messieurs les hommes. Mais pour la grosse équipée féroce, ils ont perdu la main. L'âge les a rendus bourgeois. C'est pas en faisant des poks et en éclusant de l'Ouzo qu'ils conservent la forme truande. Taraudés par la pré-cirrhose, ils n'ont plus le feu sacré.

Le Grêlé décarre cependant, d'une voix de baryton basse dans la chansonnette que je lui ai apprise :

— Ecoute, mon pote, c'est pas pour te solder des tapis qu'on t'a emballé. On travaille dans l'import-export, mais au rayon renseignements en tout genre. Notre boulot consiste à piquer des secrets et à les vendre un maxi. Depuis quelque temps, t'as des petits marrants qui fouinassent dans ton environnement, comme par exemple le joli cœur qui se trouvait avec toi dans la Rolls. Mais ces zigs sont en toc. C'est juste des fonctionnaires qui jouent les James Bond pour se donner le frisson. Grande gueule et rien d'autre. Nous sommes d'accord ?

— Je vous laisse la responsabilité de vos jugements, répond Pépère.

— T'as raison, grand-père. Cela dit, tu vas répondre à nos questions. On vérifiera tes réponses. Et alors de deux choses l'une : ou bien elles sont satisfaisantes et dans quelques jours tu pourras retourner à ton harem ; ou bien elles ne le sont pas, et on te flanque une crise cardiaque avec le gros pistolet que je pointe en ce moment sur ton battant. Tu me reçois cinq sur cinq, l'ancêtre ?

— Savez-vous à qui vous parlez, homme perdu ? déclame le vieux.

— *Yes*, monsieur. Mais que tu sois prince ou marchand de dattes, ça modifie pas notre optique.

— Et vous, vous modifierez encore moins la mienne, assure Kohnar. Vous serez châtiés pour avoir osé ces voies de fait sur ma personne.

Le Grêlé, il aime la bavasse, ça se sent. Ce serait assez sa longueur d'onde, la joute oratoire. Il s'y retrouve, cézigo, dans un numéro de menteuse. Par contre, Riton le Belgium serait plus expéditif, lui.

— Bon, on plonge ? bougonne-t-il.

Et, pour se mettre en train, il allume son briquet et fout le feu à la vénérable barbe angora de l'émir.

Beau-Marle s'inquiète :

— Dis, il va faire cramer mon bastringue, le con !

Sur son fauteuil, Kohnar ne bronche pas. Riton éteint le sinistre à l'aide d'un coussin. Tu verrais l'émir, ça lui fait une tronche comme un poing de bébé, son ébarbement. Il a une tête de nœud, pour lors. Genre oisillon déplumé.

Tu le prendrais en pitié et lui filerais une poignée de fèves, de le voir ainsi glabreux, racorni sous son brûlis d'automne.

— Qu'est-ce qu'on lui fait ? s'inquiète Mamie qui ne peut voir du fait de sa cécité (la cécité fait l'oie).

Je lui raconte. La dabiche secoue sa petite tête de vieille pintade.

— Ce qu'il est con, ce Belge de mes fesses ! Il espère quoi ? Qu'un vieil Arabe classé va s'allonger sur brûlure ? Il les connaît pas, les Arbis, Riton. A quoi lui sert d'avoir usé vingt piges dans ce pays s'il continue de se croire à Anvers ? Vous voulez parier qu'il va lui flamber les pinceaux, maintenant ?

— Juste, exulté-je. Riton lui entreprend la plante des pieds. Et le vieux birbe ne bronche pas davantage que si on lui lisait un verset du Coran.

— Misère ! Faites stopper ce circus, les mecs ! glapit l'aïeule ; j'ai une bien meilleure idée.

Elle nous la livre, toute chaude sortie de sa cervelle. Beau-Marle murmure que ça va pas être de la tarte, mais que bon, il va essayer de s'arranger ; que oui, en effet, ça pourrait déclencher Sa Seigneurie, après tout.

On annule l'opération en cours et on reporte l'interro à une date pas trop ultérieure.

Je dégauchis Achille et Bérurier au bar du *Mâ-Kâch*. Vachement moroses, les deux morbacs. Ils poussent des frimes sinistrées, mes duettistes du sommier à musique.

— Vous n'avez pas l'air joyces, messieurs mes patrons ? ricané-je en me juchant sur un haut tabouret d'où je m'offre un jeton sur le décolleté d'une Ricaine un peu tarte mais drôlement nichonnante.

Ils s'abstiennent de répondre. Achille biberonne un de ses infects bloody-mary, Bérurier écluse du champagne car ses hautes fonctions l'incitent au luxe. De temps à autre, il restitue le gaz carbonique inclus dans le divin breuvage. Il le fait sobrement, d'un brève jappement de chacal, et non plus à l'aide de ces terrifiants meuglements de vache en gésine qui, avant sa promotion, annonçaient sa présence dans les lieux les plus turbulents.

— Miss Suzette n'est pas là ? m'informé-je.

— Cause-nous plus d'cette roulure! soupire le Gros.

Je pressens des bavures sentimentales.

— La friponne vous a laissés ?

— Elle s'est taillée av'c le Sénégalais qui sert le moka au restau, t'sais, le gus en chéchia qu'avait un futal bouffant, comme s'il y aurait planqué des chiottes de campinge. M'mzelle s'est permis d'lu porter la main aux aumônières pendant qu'il coltinait un délicat plateau ; faut dire qu'elle était poivre. C'cri qu'elle a brandi, mon n'veu ! Comme quoi, Casque-d'Or se payait des montgolfières mastardes comme des ballons de rugueby. Tu parles qu'une championne du radada comm' elle allait pas poursuivre sa route sans visiter l'abbaye ! Dès la fin d'son service, elle se l'emportait, son beau Suédois bronzé ! La pure salope, vrai z'ou faux, Chilou ?

Le Dabe laisse tomber les commissures de sa bouche pour marquer son dédain.

— Une névrosée, dit-il. Décidément, ce voyage aura été bien décevant. Car naturellement, vous n'avez rien de nouveau, San-Antonio ?

— Rien pour l'instant.

Il grince :

— Les résultats sont reportés à plus tard, je vois.

— C'est cela même, monsieur le ministre, fais-je sans me départir.

Le forban de salon baisse le ton :

— L'enlèvement de l'émir, qui rameute tout le pays, c'est votre œuvre, je gage ?

— Vous gagez bien, monsieur le ministre, mais ne

vaudrait-il pas mieux taire la chose au lieu de la clamer dans ce bar ?

— C'est cela, donnez-moi des leçons ! Vous n'êtes pas foutu de me faire progresser cette enquête d'un millimètre, et vous allez me faire la morale, je pressens !

Il prend Béru à témoin :

— Ces jeunes loups se croient tout permis parce qu'ils ont les dents longues.

Le Dodu rote un peu plus étalé et déclare :

— Qu'ils croivent ce qu'y voudront, c'est nous qu'on commande, Chilou, y a pas à démordre. Y peuvent frimer tout leur content, nous, on est là pour sortir les aérofreins quand t'est-ce on y juge bon. Tu reprends une aut' cochonnerie, Grand ?

Il hèle le loufiat.

— Hep ! frisé : la verse pour deux !

Puis, découvrant la belle Américaine, époustouflante dans une combinaison en lamé scintillante comme une tenue d'astronaute de cinoche :

— Je pourrais-t-il vous offrir un gorgeon, jolie maâme ? J'ai l'sentiment qu'vous vous plumez l' système, à ce rade. Joindez-vous donc à nous, qu'on mette nos vagues à l'âme à l'heure !

La dame cause mal le français, mais une invite dans ce genre d'endroit est éloquente.

Elle a un sourire d'au moins soixante-quatre dents dont l'éclat est terni par des traces de rouge à lèvres. C'est de la personne un tantisoit grassouille, qui a fait bye-bye à la cinquantaine depuis mèche. Platinée à la Marilyn, les pattes-d'oie nivelées par le fard de la mère Héléna. Son pôle d'intérêt, je le répète, c'est son balcon, drôlement avancé pour son âge.

— Boîte douille hou dringue ? s'informe galamment Bérurier. Champagne, vouisky, Martini ?

Mémère plonge sur le roteux.

Achille qui réprouve l'invite du Gros me prend à part et à partie :

— Que je vous dise, San-Antonio : on désarme le navire et on rentre au bercail. Je sens venir un grain avec l'enlèvement du vieux crabe. Vous jouez tellement avec le feu que moi j'appelle cela jouer au con, mon cher. Demain matin, à la première heure, on s'embarque ; j'ai déjà fait retenir les places d'avion.

— Entendu, monsieur le ministre.

Je lui tourne les talons, préférant encore la compagnie des malfrats à Beau-Marle. Pourtant, avant de rallier l'ancien boxon de Mamie, je passe par l'hosto voir où en sont mes petites malades.

J'y apprends qu'on a rapatrié Sirella en Angleterre par avion spécial (merci, Europe Assistance !), et que la jolie Aïcha et sa maman sont heureusement tirées d'affaire.

Une petite visite affectueuse à l'infirmière s'impose. Elle est un peu dolente sur sa couche, la mignonne. Ses grands yeux noirs mangent tout son visage, comme j'ai lu dans un bouquin bien écrit. Ses cheveux blonds, dénoués, laissent voir à quel point ils sont noirs.

Je rafle sa menotte sur le drap blanc et lui en baisotte le dos.

— Que nous est-il donc arrivé ? me demande-t-elle.

— Des fleurs, lui dis-je. Celles qui étaient destinées à Mrs. Delameer et que vous avez cru bon d'emporter à votre chère petite maman. Un homme infâme, soucieux de tuer la jolie jeune femme dont il craignait qu'elle se remît de ses intempestives blessures, un homme sans vergogne, ce qui est grave, ni scrupule, ce qui l'est plus encore, fit placer dans une corbeille de fleurs au demeurant magnifiques, une capsule d'éthérobrindzing flatulé, ce gaz qui tue plus sûrement et rapidement que l'alcool, le cancer ou la pneumonie double. Que je vous explique : la capsule contenant le gaz est faite de bougnazium mixte, matière qui se décompose en quelques heures au contact de l'humidité. Logée au cœur de la mousse détrempée dans laquelle sont piquées les fleurs, elle a rempli son office et s'est mise à se désagréger, libérant le gaz. Madame votre mère, que vous voudrez bien saluer de ma part, a respiré l'éthéro-brindzing flatulé. Effet immédiat ! Vous, frappée à votre tour... L'horreur ! Heureusement vous avez eu le sursaut d'appeler au secours votre dévouée collaboratrice à laquelle vous devez un grand merci. Et vous voici sauvées, l'une et l'autre. Supposez que vous ayez placé la corbeille dans la chambre de Sirella Delameer, cette dernière serait défuntée infailliblement.

— Comment va-t-elle ? s'inquiète la douce Aïcha.

— Son état paraissant s'améliorer quelque peu, le médecin-chef a consenti à ce qu'un avion l'emporte à Londres, m'a-t-on appris.

— Mais qui voulait la tuer ?

— Un vilain prince arabe qui ne règne plus que sur son compte en banque.

Je dépose un chaste baiser sur le front enfiévré de la ravissante.

— Remettez-vous, et nous aurons un destin nocturne, promets-je. Je vous dirai tout sur « le coup du Poséidon », « la lanterne sourde », « la moule farceuse », « le clapier en folie », « la charge des lanciers manchots », « le poulet ardent » et « l'enfûtage bourguignon ».

Elle accepte cette promesse avec un sourire béat.

Les choses se précipitent.

Comme je me repointe dans la maison déclose de Mamie, mon ouïe est alertée par des cris d'animaux dont il m'apparaît qu'ils doivent être domestiques, comestibles et appartenir au règne souverain des mammifères, tout comme le Président Reagan, Einstein, toi, ton clébard, les vaches de mon fermier, Marilyn Monroe et quelque quatre milliards de cons qui sont en train d'attendre la mort en faisant semblant de vivre.

Ces cris (des grognements) me donnent de l'espoir. Je trouve ma bande de gentils fripons au complet. Le Grêlé porte une combinaison bleue de mecano car c'est lui qui est chargé des animaux.

Mamie exulte.

— Vous allez voir comment ça va boumer, mes drôlets, promet la centenaire. Je les connais, moi, les vieux Arbis, votre émir ne résistera pas trente secondes. C'est la religion qui les mène, ces mecs !

Beau-Marle reste plus réservé.

Le Grêlé explique qu'il a eu du mal à trouver les gentils auxiliaires proposés par la grande-vioque. Pas fastoche à dégauchir dans ce pays de merguez.

Bon, nous retrouvons notre P.C. derrière la glace sans tain. Beau-Marle a amené une boutanche de Dom Pérignon rosé pour qu'on soye plus à l'aise. Mamie s'en cogne une coupette bien frappée, d'entrée de jeu. Elle pronostique une réussite franche et massive, la daronne. Comme quoi ses instincts la trompent jamais. Tout ce qu'elle déplore, c'est d'être miraude jusqu'au schwartz inclus, tant tellement elle aimerait assister à la saynète. Ça lui rappelle jadis, quand elle faisait le commentaire coquin pour les clilles huppés, tandis que Mina l'Alsaco s'expliquait avec Petit René, un julot gros comme une pompe à vélo mais chibré comme jamais vu, et plein d'extravagantes initiatives. Elle rassemblait des auditoires de choix : M. Lagonfle, le président de la chambre de commerce ; le commandant Branleur, un ancien bras droit de Lyautey ; Germain Tupuduque, le peintre fameux qui a refait le plafond de la chapelle Fifteen ; et d'autres qui aimaient à venir se régaler des exploits fracassants de Petit René. Elle raconte encore sur son erre, Mamie, la façon impériale qu'il vergeait la Mina, le brin d'homme. Seule l'Alsacienne pouvait héberger son monument classé, au René, car fallait un éteignoir féroce pour lui encaisser le guiseau, à cézig. Il traînait pas loin de quarante centimètres et quand il déballait l'outil, les dadames s'enfuyaient comme pour une alerte au gaz, se voyant défoncées à vie, le frifri en éclats, déchiqueté horrible comme dans un accident de chemin de fer.

Elle revit, la mignonne vieillarde ; c'est tout un passé héroïque qui remonte à la surface. Elle plaçait un commentaire impec pendant la séance de reluisance, disant tout bien comme il faut, ce qui se passait, soulignant l'exploit, préparant les prouesses suivantes. Qu'en fin de parcours, ses clilles d'élite sautaient comme des Huns sur son cheptel et basculaient leurs beaux dirhams sans compter, même le commandant Branleur, bien qu'il fallût des forceps pour lui extraire son morlingue. Et à présent, bon, le bouiboui est fermaga. Maison archiclose ! Beau-Marle a le projet de le transformer en restau de luxe pour les touristes huppés, avec peut-être bien deux ou trois moukères à l'affût des solitaires, histoire de complaire à Mémé, lui dissiper la nostalgie.

Et tandis que nous conversons, tout s'est mis en place dans le salon des cris. Mes potes y ont ramené l'émir Kohnar, l'ont dessapé et finissent de le badigeonner d'une préparation mystérieuse.

De le voir à loilpé, on ressent de la pitié. Il est si freluque, le vieux, tout décharné, avec juste les montants et pas de viande après.

Il continue de chiquer les stoïciens. Un grand dignitaire. Franchement, aussi fumelard soit-il, chapeau devant son courage.

Le Grêlé se pointe, coltinant un sac soubresauteur et hurleur sur son dos. Il repart en chercher un second après avoir déposé le premier dans le salon. Puis un troisième. Son convoyage achevé, il ouvre ses sacs. Trois cochons s'en échappent comme des dingues, grognant, furetant, chargeant en tous sens. Des porcs pas très gros, pleins de poils noirs, les yeux rouges.

Riton le Belge et le Grêlé s'installent sur le dossier d'un cosy pour mater la scène. Les gorets mènent une bacchanale du diable. Ils amorcent un début de bagarre, l'un d'eux commence à bouffer un coussin ; c'est dantesque. Et puis, le plus mastar, un mâle à l'air peu amène, finit par retapisser Son Altesse Rarissime, sur le tapis. Il le hume et commence à le lécher : Mmmmm, y a bon, purée mousseline ! Les deux autres potamochères veulent profiter de l'affaire du mois, eux aussi.

C'est alors que le père Kohnar n'y tient plus et se fout à bramer dans une chiée de dialectes en vigueur entre le trentième et le quinzième parallèles. La Mamie, miraude mais pas sourdingue et qui s'est familiarisée avec tous les patois qui sont pratiqués en Afrique et au Moyen-Orient, se met à glapir comme une fillette qui vient de dénicher le godemiché de sa grande sœur.

— Ça y est, il s'affale ! Il va en croquer ! Je le savais ! Les gorets, c'est leur hantise, aux plus vieux ! Tu leur approches un sandwich jambon du pif et ils s'enfuient pis que des rats malades. J'avais pas raison, mes petits durs ? Comme disait le Grand Louis : Pour que le mec naisse, il faut que le salaud nique. » Il avait fait les Dardanelles, mon homme ! Et le Tonkin, les Comptoirs de l'Inde, ceux de Pigalle ! Un vrai pedigree de julot. Votre émir de mes pauvres fesses veut se mettre à table, poulet. Il supplie. Mais faites-moi plaisir : laissez-le manger par les petits cochons, juste un chouïa, pas avoir dérangé ces braves bêtes pour rien !

Nonobstant sa requête, j'enclenche le signal lumineux pour signifier à mes deux potes qu'ils délivrent provisoirement Sa Majesté cochonnée et attaquent le grand questionnaire à vingt balles.

Ça chauffe, les gars !

Que dis-je : ça brûle ! Ça carbonise !

*
* *

Ils sont là, tous les trois : Achille, Béru et l'Américaine platinée au décolleté padiraquien. Ils rigolent, à l'enregistrement de l'aéroport. Visiblement, ils ont passé une nuit pas déplaisante, avec picole tout terrain, troussées géantes et félicités diverses laissées au bon cœur et à l'imagination de ces messieurs.

En m'apercevant, Achille retrouve quelque gravité.

— Je ne pensais pas que nous dussions quitter cette merveilleuse ville la queue entre les jambes, me dit-il. Nous venons de perdre le Maroc pour la seconde fois de notre Histoire, San-Antonio.

Je hausse les épaules.

— Il est des fatalités auxquelles on ne peut que se soumettre, patron.

Ce doux mot de « patron », si frisant à ses tympans, calme à peine son aigreur.

— Depuis que j'ai dû quitter mon poste précédent, mon pauvre vieux, il faut reconnaître que rien ne va. Il n'y a plus d'âme, partant plus de motivation profonde. Enfin, quand ces socialistes benêts nous auront cédé le terrain et que je serai ministre de l'Intérieur, ou plus exactement commissaire du peuple à l'Intérieur, je procéderai à une refonte complète de notre appareil policier.

— Je n'en doute pas, patron.

Comme c'est mon tour d'enregistrer, je présente ce

qu'on appelle officiellement un « titre de voyage » à la préposée, une charmante Marocaine dont le front s'orne d'un minuscule tatouage qui fait penser à trois crottes de mouche.

— Pour Genève? dit-elle.

— Comme vous le voyez, miss.

— Des bagages?

— Une valise.

Je dépose ladite sur la bascule dont le cadran accuse vingt-huit kilogrammes quatre cents.

C'est à cet instant précis seulement que le Dabe sursaute.

— Comment ça, Genève? Vous ne rentrez pas à Paris avec nous?

— Non, monsieur le ministre, je prends le vol Swissair qui décolle vingt minutes plus tard.

— Ah! ça, en avez-vous référé à votre directeur?

— Je le ferai après, monsieur le ministre.

— Après quoi?

— A l'achèvement de ma mission, tout cela figurera sur mon rapport, soyez tranquille.

— Non, mais c'est l'anarchie, le bordel, la merde! se met à hurler le Vieux et sa voix enfle, répercutée par le hall.

Bérurier, qui avait coulé sa dextre sous le pull en cachemire de la Ricaine pour lui constater les mammaires en vadrouille sous le vêtement, croit opportun d'intervenir :

— Qu'est-c'est, c'coup de sang, Chilou? Y a du rebecca de la part d'un suborneur dont auquel j'sus le chef?

— Figure-toi, Sandre, que cet emplâtre prétend aller en Suisse pour y prolonger sa mission, alors que nous sommes convenus de stopper les frais.

Bérurier mâchouille des choses définitives à proférer.

— C't'ennuillieux, j'ai pas d'bureau ici, fait-il au

bout de ses cogitances, j'aimerais ce pendentif avoir une converse av'c le commissaire. Santantonio, v'nez un peu jusqu'au bar, qu'on s'isole, mon cher. Chilou, soye complaisant : continue d'me' chauffer c'te p'tite dévergondée dont j'lui f'sais les bouts de seins en camarade, elle raffole. C'te nana c'est comme les z'hauts fourneaux du Creusot : faut jamais la laisser s'éteindre et on est pas trop d'deux pour assurer la permanence, qu'autrement sinon, un voyant rouge s'allume dans sa culotte.

Et le Gros, survolté par l'autorité que lui confère sa fonction, me précède jusqu'au rade où il prie un certain Abder ben Hussin, trente-quatre ans, marié, père de six enfants, de nous servir de toute urgence des whiskies doubles.

— Commissaire, me déclare mon directeur, j'aime pas que ce vieux nœud d'Achille vinsse nous battre les blancs en neige dans nos propres slips. C'est pas l'mauvais ch'val, mais, j'vous l'aye dit, y la tendance à fout' son grain de poiv' partout. De quoi s'agite-t-il, dont au sujet de ce voiliage en Suisse ?

— De conclure la mission que vous avez bien voulu me confier, monsieur le directeur.

— Messe encore ?

— Je crois entendre que votre vol est appelé, vous n'allez pas rater votre dur et laisser cette vorace Américaine dans les bras insatiables du Vieux, si ?

— Je vous prille en deux mots, d'm'espliquer, commissaire.

Alors moi, tu sais pas ?

Je pose ma main sur l'immense épaule du Mastar et lui soupire à dix centimètres du naze :

— Alexandre-Benoît, je veux bien faire joujou de temps en temps, seulement vous commencez à me faire chier, tous, avec vos momeries ; y a des moments où on a besoin de parler à des adultes, tu comprends ? Alors file prendre ton zinc et me tripote plus la prostate, je suis à la limite du hors-jeu.

Le Gravos écluse son double rye.

Il règle le ticket modérateur et me laisse pour rallier le tandem. Je l'entends clamer à l'intention du Vénérable :

— Le commissaire agit sur mes directrices franches et massives, Chilou ; aussi j'te prillerai d'plus nous les briser. Y a des moments qu'on a b'soin d'rester ent'adultes, tu comprends ?

Dès lors, les choses sont simples.

Parvenu à Genève, je prends une chambre à l'*Hôtel du Rhône*. Ensuite je me rends au siège de la C.B.H. (Compagnie de Banques Helvétiques).

A 15 heures 10, le directeur adjoint me reçoit. Je lui remets une lettre manuscrite de Sa Majesté Non Ignifugée Kohnar. Il sonne son chef Machin aux fins de contrôle et lui remet la lettre.

A 15 heures 19, le chef Machin revient et dit que c'est « en ordre ».

A 15 heures 22, le directeur adjoint se fait remettre la carte de location du coffre 618. Il écrit mon nom, mon âge et mon adresse à la rubrique « procuration », il me prie de signer en regard de mon blaze, ce que je fais.

A 15 heures 26, le directeur adjoint me dit qu'il va faire poster la carte en exprès à l'adresse que lui a donnée Sa Majesté à Marrakech, c'est-à-dire S.A.S. Kohnar, c/o M. Henri Van Deboot, rue Mouley Agauffr 101, Marrakech (Saône-et-Loire). C'est l'adresse de Riton qui va devoir en changer ensuite, y compris d'identité, mais de toute manière, ce n'était pas sa vraie.

Je passe une soirée délectable au *Griffin's* de Genève, repas délicat, bordeaux de classe, ambiance euphorisante. Et en quittant ce temple du bien vivre, imagine-toi que je propose à une ravissante jeune femme noire bottée haut, jupée court, avec une coiffure à la Noah, de la raccompagner jusqu'à mon hôtel. Elle accepte, n'ayant pas de préjugés raciaux.

Nuit exquise, qui nous grise...

Le lendemain, matinée à libre disposition. Déjeuner au *Bœuf Rouge :* pieds de mouton, boudin, chiroubIe.

L'après-midi : cinoche.

A 20 heures et du retard, Riton le Belge déboule avec la procuration visée par Son Altesse Délabrée. Je l'invite à claper chez Girardet ; bien que toutes les tables soient retenues depuis 1978. Freddy accepte de nous servir dans l'escalier de son grenier où il lui reste encore deux marches de libres que l'embolie survenue à l'un de ses clients ont rendu vacantes. Riton déclare que ça le change des frites de sa vaillante nation et du couscous marocain. Son enthousiasme est tel qu'il se fait inscrire sur la liste d'attente pour le 19 mars 1986, jour anniversaire de son vieux père qui atteindra ses quatre-vingt-cinq ans.

Le lendemain, à 8 heures 30, je retourne à la banque avec la pièce dûment contresignée. Vérification est opérée par le service compétent. A 8 heures 42, je pénètre dans la salle des coffres de la C.B.H. Son Altesse Renversée, qui est la crème des hommes, m'a remis la clé du coffiot 618. Cette clé jointe à celle du préposé permet d'ouvrir le compartiment en question.

Que le lecteur assidu sorte son doigt de son nez, ou

de sa chatte s'il s'agit d'une lectrice, et veuille me permettre de préciser à cet endroit singulier de l'action que le coffre 618 n'est pas l'une de ces tirelires aptes à héberger une pincée de louis d'or, la montre ciselée de grand-père et une confuse valeur qui yoyote en Bourse. C'est au contraire une sorte de pièce, inconfortable si l'on souhaitait y passer ses vacances en Suisse, mais propice à recevoir les trésors d'Ali Baba.

Imagine un couloir central, éclairé par un plafonnier, avec des rayonnages d'acier de gauche et de droite.

Inutile de boutiquer longtemps car Sa Flatulente Majesté a fait un croqueton au Grêlé. Ce que je cherche se situe à main droite, rayon supérieur, entre une caisse de rubis et une mallette de diamants. Cela m'attendait dans un gros écrin de velours vert et quand je fais jouer le couvercle dudit, cela m'éblouit. Je referme vite n'ayant pas eu la précaution de me pourvoir de verres teintés.

— Merci beaucoup, que je dis au préposé en lui décochant en pleine paume un bifton de dix balles (mais des vrais francs, des francs suisses).

A 8 heures 58 je refais surface.

A 9 heures 24 je suis à l'aéroport.

A 9 heures 46, un douanier français salue ma carte professionnelle et me demande en souriant, pour dire de blaguer, si j'ai quelque chose à déclarer.

— Oui, lui réponds-je, un caillou.

Il me dit que son frère aîné aussi a un calcul dans la vésicule.

Le mien, plus simplement, se trouve dans mon slip, blotti entre mes chères couilles auxquelles il est fixé avec du sparadrap.

Il est 14 heures 1 lorsque je déboule à la Maison Pébroque.

On m'y espère déjà.

Dans la grande salle des conférences, se trouvent réunis : (je cite de mémoire) le président Ducon-Seil, le ministre de l'Intérieur, celui de la Culture, le conservateur du Louvre, le Vieux, mon directeur M. Alexandre-Benoît Bérurier, le directeur du Z.O.B., celui du F.R.I.F.R.I. ; le président des Pattemouilles de France, M. Paul Trond, l'expert des experts, Mme Sangigoté-Desnoy, contre-expert des experts d'experts ; plus une chiée de gens, de personnes, de quidams, de mecs, de gonziers dont l'importance collective n'est pas évidente.

Je salue d'une sobre inclination de tête.

— Vous permettez ? fais-je.

Et d'aller dans l'embrasure d'une fenêtre pour décapsuler ma braguette et extraire de son nid douillet la chose sans prix qui s'y trouve.

Quelques toux discrètes ponctuent l'opération. Je débarrasse l'objet du sparadrap. Le fourbis un peu avec ma pochette en soie (en anglais : *silk*) et vais le déposer au beau milieu de la grande table.

— Ooooh ! fait l'auditoire.

Le Premier ministre (à gauche en entrant) soupire :

— Ainsi, le revoilà-t-il donc !

Puis, d'un geste qui ne manque pas de noblesse (on ne passe pas sa vie à tripoter des roses sans acquérir, à cause des épines, une agilité de mouvements), s'adressant aux experts, il lance :

— A vous de vous prononcer, madame et monsieur.

Les interpellés vissent des loupes dans leur meilleur z'œil et se font une bosse en se penchant trop simultanément sur le gadin.

Tandis qu'ils zieutent et s'exorbitent, Achille au pied léger quitte discrètement la table et vient à moi.

Ce que voyant, l'Ignoble Bérurier s'hâte d'en faire autant.

A nouveau, me voilà coincé entre ces deux morpions.

Béru murmure :

— Si vous voudriez bien m'abouler un avant-goût d'vot' rapportage, commissaire.

— Parlez ! enjoint plus sèchement le Dabe.

Ils me pompent l'air, ces deux ahuris. Je me demande si je vais naviguer encore longtemps à bord de leurs chaloupes percées.

— Pas envie, réponds-je.

— Quouha ! feule le Vioque.

— J'vous en prille, commissaire, faut bien qu'on va tout savoir, compte tenu de ce que c'est nous autres qu'on est chefs ! déclare Béru. Ce dont j'vous demande c'est simp'ment un résumé, pas qu'on meure idiots.

Je répète :

— Pas envie.

Là-dessus, le Premier ministre se la radine, main tendue.

— Félicitations, commissaire. Voilà un exploit de première grandeur, qui honore...

Il jacte, cause, parle, débloque, en remet, intarissable, tout en m'engrenant l'épaule à grandes secouées du bras.

— Je saurai me souvenir de ce que le pays vous doit. Un poste de super-préfet en Calédonie, ou en Guyane, ça vous plairait ? Ou bien d'ambassadeur à Madrid, hein ? A moins que la présidence d'Air-Inter...

Je secoue la tête.

— Non, non merci beaucoup, monsieur le Premier ministre, ça va bien comme ça. Tout ce dont j'ai envie, c'est de paupiettes de veau, et seule ma mère sait les préparer telles que je les aime. Vous n'avez plus besoin de moi ?

Je m'incline et m'esbigne dans l'interloquence générale.

Sur le tapis vert, le Régent éclabousse les prunelles émerveillées.

NOISULCNOC
CONCLUSION

Il n'a pas davantage sommeil que dix douzaines d'escargots dans cinq kilos de sel, Toinet. Il m'appelle depuis sa chambre à fleurettes juste comme je viens de bouffer le flan vanille de Félicie qui a succédé au gratin de macaronis accompagnant les paupiettes.

— An... toine!

— Va lui faire un petit baiser, plaide maman.

Je vide mon godet de Richebourg (c'est fête au village) et monte l'escadrin.

Toinet m'attend, assis dans son plumard, tout joyce avec ses taches de son, dans la lumière orangée de sa loupiote de chevet.

— Hé! dis donc, Antoine, pour une fois qu't'es à la maison, tu vas me raconter une histoire, hein? Tu sais si bien dire.

Psychologue, il me passe la pommade pour décourager un refus éventuel, le garnement.

— Tu les sais toutes, objecté-je : le *Chat Botté,* le *Chaperon Rouge,* la *Chèvre de M. Seguin...*

Il proteste.

— Hé! dis, l'aristo, ça c'est pour les débiles profonds. Une histoire, faut que ça soye plus corsé que Dallas, ou alors chante-moi *Fais dodo, Colas mon petit frère,* pendant que tu y es!

— T'es marrant, môme, tu veux que je te raconte quoi? J'ai même plus le temps d'aller au cinoche.

— Ben, invente, t'es pas à court. Un truc vachement saignant, grand ; avec de la chicorne, des gonzesses, de l'espionnage...

J'approche une chaise de son lit.

— Oui, je vois, lui dis-je. Peut-être que j'ai ton affaire, mon drôlet ; style *Mille et Une Nuits* sanguinolentes. Il était une fois, dans un émirat du golfe Persique transformé en puits de pétrole, un vieil émir rusé et cupide qui s'appelait Kohnar, dit le Constipé. Il s'était lié d'amitié avec un diplomate anglais nommé Adam Delameer, personnage douteux qui occupait le poste de vice-consul dans sa capitale...

Et je pars à tartiner épais.

Il ouvre grandes ses mirettes, le Toinet. Un petit filet de salive lui dégouline bientôt des babines. Il retient sa respiration. Parfois, il pose une question pour se faire préciser certains points. Il veut tout piger, l'artiste. Le plus beau cadeau que tu puisses faire à un enfant, crois-moi, c'est une belle histoire.

Il me file le dur admirablement, le gredin. Tout piger impec, l'arnaque monstre montée par l'émir et Adam Delameer, au temps où l'un et l'autre se trouvaient à pied d'œuvre au Kalbahr, chacun dans ses fonctions.

Le coup s'est situé pile au moment d'une grave crise pétrolière consécutive à la guerre de Suez, sous la Quatrième Raie Publique. Là, que le démarrage de l'aventure s'est opéré. La France dépétrolée : des idées, mais nibe de super, merde ! Alors, par le canal (je devrais dire le pipeline) de m'sieur le vice-consul britiche, Kohnar II fait une propose. Un traité *ad vitam aeternam* avec la France, lui réservant la production exclusive, pleine et entière, de cinquante mille barils de pétrole par jour. En échange, cet amateur de pierres précieuses exige qu'on lui remette le Régent. Ou plus exactement, qu'on le lui échange contre une autre pierre beaucoup plus petite, taillée comme l'illustre caillou. L'une remplacera l'autre et qu'est-ce que tu veux que ça branle ? Quand la famille Dubois-Ringard va admirer la gemme (c'est Shell que gemme) au musée, tu crois qu'elle retapissera la différence, ta pomme ?

C'est Adam Delameer qui, en grand secret, se charge des tractations occultes. Les Français aux abois acceptent. L'accord se fait. Notre ambassadeur au Kalbahr est prêt à le signer. *Of course*, il n'y est pas question du diam, ça c'est la face cachée de Lindbergh (comme dit Béru). La veille du jour où doit être signé le traité, un messager spécial, dûment convoyé, se pointe au Kalbahr avec le Régent attaché à ses testicules (ce qui, plus tard, me donnera l'idée d'en faire autant). Rendez-vous est pris au palais émirial. Mais là, la bite à Zozo ! Une méchante embuscade a été préparée. Le messager est enlevé, conduit en un lieu secret et dépouillé (voire découillé). Ensuite il ne reste plus qu'à l'abattre.

L'émir, un perfide, nettoie le gars devant le consulat de Grande-Bretagne. Il veut mouiller Delameer d'une certaine façon, le tenir à sa botte. Et ça boume, Delameer joue le jeu du Samaritain (de luxe).

Plus de diamant. Les accords prévus sont décommandés ; la pauvre chère vieille France n'a que le droit de fermer sa gueule, comme toujours. Elle s'est fait arnaquer féroce. C'est tellement énorme, tant tellement scabreux, si puissamment scandaleux, qu'elle écrase le coup, la France. Fait confectionner un Régent de secours chez Burma pour cacher la mère Dauchat.

Toinet, il en bave maintenant des ronds de chapeau melon (nous sommes des inconditionnels de Magritte dans la famille).

— Et après et après ! qu'il exige.

C'est beau comme *les Trois Moustiquaires.*

Et comme dans l'*Etroit Mousquetaire,* on fait une

suite : *Vingt ans après*, dans laquelle le célèbre San-Antonio joue le principal rôle.

Je lui narre l'interview imprudente accordée par Kohnar à une petite journaliste. Ça rebrasse la merde. Dans le nouveau gouvernement, quelqu'un qui sait l'histoire du Régent (mais ça reste secret, d'un régime l'autre, comme les bananes) dit « Tiens, tiens ! ». Et de fil en aiguille, tout se recycle. On m'envoie voir du côté de chez Swan si Delameer y est. Dis donc, il a une belle maison, après tout, ce gusman. Tu crois que dans les services britannouilles on affure tellement de sterlinges ?

Alors je me pointe. Mais le bonhomme a été prévenu. Et mon petit doigt viceloque me chuchote par qui. Je ne dirai pas de nom et c'est pas la peine de suivre mon regard : je ne mate personne. Simplement je pense qu'il y a des drôles de rancœurs, en ce moment, chez des mecs débarqués du navire à coups de lattes dans le prose. Tu m'as compris tu m'as ? Merci, je le paie cinq francs.

Bref, Delameer se met à pâlir des genoux. Il prévoit des tuiles. Lui, ce qui le fait chocotter, c'est l'émir. Est-ce que ce vieux nœud voudrait le faire chanter ? Alors il convainc ses supérieurs qu'il doit disparaître, et le coup de l'homme zéro finit par lui être accordé. De quels moyens de pression a-t-il usé pour obtenir ce régime spécial ? *Mystery.* Tripotage et grenouillage sont les deux mamelles des services secrets.

Donc, tout est O.K.

Seulement voilà. Sa nana est éperdument amoureuse de moi (non, je n'ai ni la tête ni les chevilles enflées, mais seulement le zigognard farceur) et elle joue les fausses veuves soyeuses avec moi. Alors, là, il voit *red*, l'apôtre. Aux grands maux les grands remèdes. Est-ce avec la participation de ses chefs qu'il m'envoie Flavius Tedseuquitu, ou bien l'a-t-il engagé à compte d'auteur ? Je me fous de la réponse ; ce qui m'épargne d'approfondir un problème dont toi-même n'as strictement rien à foutre.

Je continue ?

Toinet l'exige. Tu peux pas laisser quimper la caravane au milieu du gué, non ? Lui dire : « Allez, dors, je te la finirai demain », relèverait des sévices gestapistes.

Bon, alors je poursuis.

Marrakech, terre de lumière, enchantement, paradis sur terre, cité blanche et ocre. Ouvre ton Atlas et tu verras !

Je suis retapissé d'entrée de *game* par le vieux Kohnar. Il tique, l'ancien monarque. Oh ! la la ! ce qu'il tique ! Ma converse l'a éclairé. Ce qu'il en a retenu, c'est que ma petite médème est la veuve de Delameer. Il se peut qu'elle sache tout. Alors, vite fait bien fait, il organise un attentat bidon contre sa personne, au cours duquel nous serons abattus tous les deux. Mais tu le connais, l'Antonio, dis, Ernest ? Avec lui, c'est pas de la gelée de foutre. Seule ma pauvre gerce est touchée ; cette gentille qui, prévoyant les représailles de son gros sanguin payait un traîne-patins pour me protéger. Je sors vainqueur de l'attentat. Ce que constatant, que fait l'émir Acculé ? Il abat froidement les soi-disant terroristes pour s'assurer leur discrétion.

Il enrage — ô désespoir — de cette bavure. D'autant que la petite Delameer n'est même pas clamsée pour de bon. Si elle reprend ses esprits et qu'elle sait quelque chose à propos du Régent, elle va me balancer le morcif. D'où la corbeille empoisonnée. Et ce sont ces fleurs du mal qui causeront la perte du vieux kroum. Puisque leur erreur d'aiguillage m'amènera à tout piger. En somme, ce sont ces maudites fleurs qui m'auront mis au parfum. *You see ?*

Très bien. Le reste, je le bonnis à mon Toinet, avant de souffler sa chandelle ; mais comme tu y sais, est-ce bien la peine que je t'y répète ? Avec mon éditeur qui déjà se plaint que je fais des *books* trop longs... Je pourrais économiser au moins deux cahiers (c'est le terme d'imprimerie) de 32 pages ; il affirme, en faisant plus court tu te rends compte, l'éconocroque qu'il réaliserait, le *Fleuve Black ?* D'autant que le prix de vente serait inchangé. Mais moi, ma faiblesse, c'est le lecteur. J'ai beau le chahuter, je pense qu'à lui, et pour lors, je coule la baraque. Note qu'un fleuve est fait pour couler, après tout, hein ?

Dans le noir, tandis que je suis déjà à la porte, Toinet m'interpelle.

— Dis voir, le Grand !

— Quoi donc ?

— Ce diamant mahousse, t'aurais pas pu l'affurer pour ta pomme et le revendre en petits morceaux ? Pour le coup, on était milords pendant deux générations, tous les trois.

— T'as de drôles d'instincts, soupiré-je. Faudra qu'un jour on parle de la vie, Toinet. De ce qui la rend possible, de ce qui la rend dégueulasse...

— D'accord, m'sieur l'abbé.

— Tu vois, lui dis-je, pour tenter de lui faire comprendre, si j'avais fait ce que tu dis, je n'aurais pas pu te raconter cette histoire.

LANIF
FINAL

Il m'a donné rendez-vous au *Fouquet's*. Il y arrive en même temps que moi. Il a beaucoup changé. Deux cannes à embouts caoutchoutés assistent sa démarche chancelante. Il a encore grossi, mais cette fois, il ne cavale plus sur la lande en survêtement rouge. Il ne peut que se traîner d'un fauteuil à sa table et de sa table à son plumard.

Je contemple son teint blafard, ses trois mentons, ses yeux fatigués par les insomnies. Un élan de compassion me biche.

Merde, il était heureux avant que je débarque dans le supermarka d'Eggs-to-the-Cook. Sa téloche, son footinge, sa dadame, sa belle maison... Il respirait l'air du large, Adam. Il était relaxe comme l'autre Adam, le *first,* avant que sa rombiasse ait bouffé la pomme. Et puis la sienne aussi a bouffé la pomme.

Je n'ai plus le moindre ressentiment et lui pardonne d'avoir voulu me faire abattre. La vie avance, nous aussi... un moment. Et puis on descend en marche. On croit toujours, mais on a tort. C'est sot d'espérer. Tout est déjà joué.

Il commande un cognac, bien que ce soit le matin. Ses mains trembillent sur les poignées des cannes comme les paluches d'Eloi Duplion.

— Ma démarche doit vous surprendre, mister commissaire ?

Je souris flou.

— Oh ! vous savez, à force de lire le mode d'emploi, on finit par comprendre le fonctionnement de l'appareil. Même la mort ne me surprendra pas.

— Je viens vous voir à cause de Sirella.

— Elle vit toujours ! m'effaré-je, bien que ce ne soit pas français.

— Un miracle ! Elle est encore plus belle qu'avant.

Pour lors, une onde de bonheur spontané me zizigue.

— J'en suis très... très...

Impossible de trouver le mot juste. Du geste, il me fait signe qu'il a compris.

— Depuis la fâcheuse mésaventure de Marrakech, je ne suis plus un homme, fait Delameer.

— *Sorry !*

— Et quand bien même je n'aurais pas subi cette pénible mutilation, je doute que Sirella ait jamais pu retrouver quelque agrément physique avec moi. Depuis que vous êtes passé dans sa vie... Bref, elle s'assombrit de jour en jour.

— *Sorry*, mister Delameer.

— Voyez-vous, j'ai pensé que... que vous étiez un homme... particulier. Bref, qu'on pouvait tout vous dire.

— J'espère en effet être cet homme-là, mister Delameer.

— En ce cas, vous devriez renouer des relations avec elle, fussent-elles ponctuelles. Je sais bien que ces choses ne se commandent pas, mais dans la mesure où vous ressentiriez encore pour elle quelque appétit...

— C'est plus que de l'appétit, mister Delameer, c'est de la fringale.

— En ce cas, nous sommes à l'*Hôtel de la Petite Albion*, à deux pas d'ici, chambre 76. Si vous disposiez d'un peu de temps...

— J'y cours, mister Delameer.

— C'est terriblement aimable à vous, mister commissaire.

Je fais signe au garçon de venir se faire douiller, mais Delameer accroche mon bras avec la poignée de sa canne.

— Ah ! non, je vous en prie ! s'exclame Adam. Laissez-moi au moins régler les consommations !

FIN

Achevé d'imprimer le 8 avril 1983
sur les presses de l'Imprimerie Bussière
à Saint-Amand (Cher)

— N° d'impression : 580. —
Dépôt légal : mai 1983.
Imprimé en France